CB066791

NOS

Tradução **Francesca Cricelli**

UMA PLUMA ESCONDIDA

Lisa Ginzburg

Pode ser
que seja verdadeira só a distância,
verdadeiro só o esquecimento, verdadeira a folha seca
mais que o broto recém-nascido. Tanto e muito mais
pode ser ou pode-se dizer.
Eugenio Montale, "Ex-voto" (do livro *Satura*)

Incompreendidos, como as coisas da infância
eternamente jovens na virtude do desapego.
Ana Blandiana

PRIMEIRA PARTE

Límpido? Quem sabe. Não faltavam sombras na Quercetana, e a chegada de Tan as revelara.

Quanto fora desejado e esperado, Tan. Rosa lembra-se bem, até mesmo dos bastidores. Aqueles dias de grandes idas e vindas da Senhora e do marido, para cima e para baixo no Casarão. Para cima e para baixo, para baixo e para cima. Estavam indo para Florença, ou para onde? Seguiam de carro, mas poucas horas depois Rosa voltava a ver o jipe estacionado ao lado do portão. Eles, os Manera, para lá e para cá, em horários diferentes, sempre juntos, como não era comum. Tudo era novo: o que enfrentavam naqueles dias, Rosa não tinha como saber. Vê-los juntos, no entanto, lhe dava prazer porque Rosa adorava a família Manera, especialmente dona Enrica. Mas mal cruzava com eles, dava só uma espiadela, via-os sempre carrancudos, sérios, preocupados.

Haviam solicitado a adoção ao Juizado de Menores. Fora um longo processo burocrático, articulara-se em várias visitas ao Consulado da Moldávia em Florença e em vários documentos a serem validados lá mesmo no Consulado, no Juizado de Menores e na prefeitura. Havia longos períodos de espera para a resposta, uma espera pontuada por entrevistas, consultas e visitas de especialistas à casa deles na Quercetana.

Para Rosa, que não sabe de nada, são os momentos que falam. Imagens: Enrica sai do carro, o galante advogado abriu a porta e está esperando por ela. Ambos estão bem-vestidos e tristes, Rosa registra as duas impressões enquanto os segue com o olhar, caminham sem trocar palavras. O burburinho do cascalho pisoteado, eles que atravessam o espaço reservado para o estacionamento em diagonal com passos rápidos, antes de desaparecerem atrás das portas deslizantes da entrada, acionadas remotamente pelo bipe do controle do portão. Ele, Manera, à frente, dona Enrica atrás: alta, elegante, sozinha. "Como é solitária", Rosa pensa todas as vezes.

De vez em quando, aos domingos, Rosa é convidada a subir para o Casarão com seus pais, que são os caseiros. Para a ocasião, ela prepara e decora pequenos poemas, que depois recita em pé no meio do salão. É um espaço muito grande, e pelas janelas e portas-janelas (modernas, com molduras esmaltadas de branco) a luz entra em profusão. Logo do lado de fora, no andar de cima, a casa se desenvolve: cômodos que também são espaçosos e bem-dispostos, porém – Rosa percebeu em uma manhã de sábado enquanto acompanhava a mãe para tirar o pó dos móveis – não ocupados por ninguém.

Ela recita os poemas corando de vergonha, mas supera o impasse, determinada a causar uma boa impressão e deixar os pais orgulhosos. Rosa é a coisa mais preciosa que Paola e Mario Ossoni têm para mostrar à família Manera, e, em sua sensibilidade de criança, ela entendeu isso; portanto, faz o que for preciso, desempenha o papel com perfeição.

São alguns versos curtos aprendidos na escola, lidos e relidos no livro didático, um livro com uma capa marrom brilhante e feia. Rosa está na quinta série: decorar poemas a diverte, recitá-los em voz alta menos; da mesma forma, para brilhar diante do Advogado e da Senhora, ela dedica todo o seu empenho. A voz aguda de Rosa rompe o silêncio, bate no vidro e traz vida à sala. O cabelo loiro bem penteado em duas tranças, a jaqueta xadrez estampada ou a saia plissada com um suéter com botões de madrepérola na parte superior: tudo nessa menina diz ordem, boa disposição, uma natureza obediente e contida entre as bordas da medida.

Quando a apresentação termina, Rosa espia os adultos sentados nos sofás: o pai e a mãe tímidos e desajeitados, sem ter muito o que dizer (apesar de ser domingo, eles não conseguem abrir mão de seu papel de zeladores). A família Manera, marido e mulher, elegantes em suas roupas confortáveis e caras, seus olhares de apreensão, esperando por algo que sempre falta.

"Muito bem, e como é precisa!", parabeniza a Senhora com entusiasmo, enquanto o Advogado concorda com um aceno de cabeça repetido. Depois de elogiar Rosa e sua apresentação, como é domingo, o café é servido não pela mãe de Rosa, Paola, mas pela sra. Enrica. Tirando-os do açucareiro de porcelana, ela entrega a Rosa torrões brancos, que a menina aceita com um sorriso devoto antes de colocá-los sob a língua e começar a chupar. Para seus olhos de garotinha, a Senhora parece bela como uma rainha, mas, como pode acontecer com uma rainha, prisioneira de um triste feitiço. Na porta, ela se despede de Rosa e de seus pais com uma expressão melancólica: algo deve a incomodar – Rosa nunca a viu sorrir, manifestar qualquer sinal de alegria.

"Por que eles não têm filhos?", pergunta Rosa. Voltam do Casarão. Mario, o pai de Rosa, com um passo pesado devido ao seu tamanho (apesar de sua vida ativa como jardineiro, engordou vários quilos desde que passou a morar na Quercetana);

Paola, sua esposa, caminha de forma leve e mais tímida, como é de sua natureza. Um atrás do outro, seguem pela pista de terra batida que corre paralela aos oleandros até a residência dos caseiros, onde moram, um bloco retangular baixo, alongado, de um andar e pintado de branco.

"Por que eles não têm filhos?"

Mario não responde; Paola, a mãe, murmura um "ah" inflado de compaixão, que se esvai em um daqueles suspiros sem consolo de quando parece não haver remédio para nada.

Rosa tem onze anos, fez em janeiro. Tan chegará vários meses depois, e, no período que antecede sua chegada, a apreensão de Rosa em relação à família Manera amadurece e assume outra forma: torna-se pesarosa. Pobre dona Enrica, que pena, quanta alegria lhe daria ser mãe, lamenta para si mesma. Também reza: vai se agachar embaixo de um grande carvalho não muito longe de sua casa – uma árvore majestosa, com um tronco grande, galhos inclinados para baixo até tocarem o chão e que ali desenham a clareira circular e cheia de sombras que se tornou o refúgio de Rosa. Sentada com as pernas cruzadas, com as roupas logo úmidas de terra e mato molhado, ela ergue os olhos para os recortes de céu visíveis entre as folhagens. "Que a Senhora consiga ter seu bebê e que o desejo dela se realize", Rosa reza em voz baixa, emocionada, sem sentir vergonha, agora que apenas o carvalho pode ouvi-la.

Então, sem aviso, os Manera partem. As janelas do Casarão permanecem fechadas, a casa trancada por semanas: um tempo que parece interminável para Rosa.

"Para onde foram a Senhora e seu marido, por que não voltam?"

Em resposta, há sempre o mesmo silêncio constrangido e indecifrável dos pais, até que: "Eles foram buscar uma criança", Rosa ouve Mario responder.

"Como assim 'foram buscar'? Que criança?"

"Uma criança que não tem mamãe e papai e que, a partir de agora, será filha deles."

Para Rosa, parece muito estranho, fácil demais e difícil demais, que se possa ter um filho desse jeito.

Verão de 2005, a escola acabou. Para evitar que a filha fique entediada por passar muito tempo sozinha, Mario pede a ela que seja sua ajudante. Com vinte hectares empilhados, o parque Quercetana precisa de muita manutenção diária. Rosa ajuda com a cobertura morta do solo: juntos, ela e o pai distribuem uma camada de palha e aparas de madeira picada ao redor de cada arbusto, sob cada planta outra camada, esta de cascalho e pedaços de casca de árvore (materiais coletados por Mario e armazenados em sacos no galpão durante o inverno). Trabalham de manhã cedinho para não sofrerem com o calor; Rosa tem a pele muito clara, e Paola, sua mãe, sempre amarra um lenço bem apertado em volta de sua cabeça, com medo de que ela tenha uma insolação. Mario também precisa se proteger, os quilos extras o fazem suar muito: usa um chapéu de palha velho e frouxo na cabeça careca, que esconde seu olhar quando ele o dirige à filha. "Você é uma boa trabalhadora, a melhor ajudante que pode existir", diz a Rosa. Ela faz uma pausa por um momento antes de passar para o próximo toco para espalhar a cobertura vegetal, com as bochechas ardendo do calor e agora também com o entusiasmo das palavras do pai. Sua alegria ainda é a de uma criança, não da jovem que está prestes a se tornar. "Obrigada, papai; mas vamos logo, a mamãe quer que você volte daqui a pouco, o sol já está muito forte." Orgulhosa do elogio, Rosa enfrentaria muito mais trabalho para ajudar o pai; ela gosta muito de estar ao lado dele no trabalho pesado.

Quando Mario não precisa dela, Rosa passa horas embaixo do carvalho, onde gosta de ficar mais do que em qualquer outro lugar. Agora que sabe que a família Manera está viajando para longe para pegar o bebê e levá-lo para a Quercetana, tenta imaginá-lo. Ela o imagina recém-nascido, envolto em bandagens brancas, tão pequeno e bonito como uma trouxinha milagrosa. Ela está fantasiando assim quando, uma tarde, na curva da estrada, vê o jipe dos Manera aparecer. Seu coração dá um salto, Rosa se levanta instintivamente e começa a correr: corre a uma velocidade vertiginosa, apesar da falta de jeito de suas sandálias desamarradas, corre o mais rápido que pode para chegar à clareira ao mesmo tempo que o jipe.

Eis Tan, olhando para Rosa do banco de trás, pela janela. A família Manera, com a ajuda de Mario, está descarregando a bagagem, mas ele não dá sinais de que vai sair. Rosa não sabe mais o que fazer, espera, congelada no cascalho, com a respiração ainda ofegante após a viagem e, enquanto isso, aperta os olhos em um esforço para ver o interior do automóvel. Tan não é um menininho: é um garoto como ela, magro e desgrenhado, com um rosto sombrio e uma expressão mal-humorada. Quando finalmente decide sair do carro e Rosa o vê à sua frente, a menina percebe que ele é apenas um pouco mais alto que ela. Usa calça jeans escura e tênis branco, e uma jaqueta bege curta novinha em folha. Não sorri para ninguém: Rosa chega a tempo de ver isso também, antes de sair correndo de novo, desta vez em direção à casa.

Nos dias que se seguem, há poucos sinais da nova presença de Tan na Quercetana. Paola vai ao Casarão todos os dias para fazer a limpeza; no jantar, diz que "o garotinho" sempre fica trancado em seu quarto e não fala com ninguém. Diz que ele é estranho, que tem um comportamento estranho: passa tardes inteiras acendendo e apagando a luz, em um espanto incompreensível. Quando se aproximou para verificar o motivo pelo qual a lâmpada ficava piscando de maneira intermitente pela fresta na parte de baixo da porta, deparou com Tan em êxtase diante do interruptor que continuava acionando freneticamente.

"'Olha, olha!', repetia para mim, e verdadeiramente desconcertado, pobre criança", conta ela, ainda atordoada, ao marido e a Rosa. "Depois de um tempo, a Senhora chegou, me chamou de lado e explicou. Onde o menino estava, no orfanato na Moldávia, não havia luz elétrica."

"O quê, ele vivia sem luz? Isso não é possível", diz Rosa enquanto se serve sozinha, com um gesto nervoso, de mais salada. A perplexidade de Tan diante desses gestos é de repente a dela também. Embora muitas vezes considere as reações da mãe desproporcionais por causa de sua timidez, ansiedade e inexperiência com o mundo (Paola raramente sai da Quercetana e, entre as mães dos colegas de escola de Rosa, embora sejam mulheres do campo, ela é sempre a mais rude), nesse caso ela não pode deixar de compartilhá-las.

Paola relata outros episódios de estranheza de Tan para o marido e a filha. Depois de terminar o almoço como de costume em seu quarto (ele não quer nem saber de descer para a sala de jantar), um dia, ele correu para o banheiro, pegou a escova de dentes, voltou para o quarto e começou a pegar as migalhas da mesa com ela. Paola estava lá com ele e tentou impedi-lo: "'O que você está fazendo, ficou doido?', perguntei. Então ele começou a balançar a escova de dentes no ar, apontando-a para mim como uma arma e gritando ameaçadoramente: 'Ela é minha, minha! Eu faço o que eu quiser com ela'. Se vocês pudessem ver a força com que ele a segurava! Ficou olhando para ela como se fosse a primeira vez que visse uma daquelas. Só mais tarde, olhando para trás, percebi: ele nunca tinha tido uma escova de dente antes, pobre menino", conclui Paola, encolhendo os ombros com desânimo. O relato sobre esse episódio quase faz Rosa chorar, e, para esconder sua chateação, ela começa a tirar a mesa.

Em outra ocasião, sem que Paola ou a Senhora, embora estivessem em casa, tivessem percebido, Tan entrou no banheiro da mãe e lá encontrou um frasco de perfume, que bebeu em alguns longos goles. "Ele realmente bebeu!", Paola comentou à mesa com os demais, ainda abalada. "A sra. Enrica queria levá-lo ao pronto-socorro para fazer uma lavagem estomacal, mas felizmente ele conseguiu devolver tudo enfiando dois dedos na garganta e não foi necessário."

Essas histórias sobre Tan deixam os Ossoni atônitos. Eles conhecem pouco do mundo, mudaram-se de Terni para viver na Quercetana e, com exceção de algumas outras viagens, não viram mais nada: mas mesmo que conhecessem mais coisas, o comportamento do garoto continuaria sendo estranho e incompreensível. Rosa, quando está sozinha, os analisa. Maneiras de uma criança que cresceu em um lugar sem ensinamentos (um orfanato, Rosa agora sabe), onde ninguém deve ter cuidado dele de perto: nunca de verdade, nunca o suficiente. É assim que ela recapitula e raciocina, sob "seu" carvalho; para se distrair, brinca com pequenos gravetos, movendo-os do chão e livrando-os do emaranhado de folhas. Imagina Tan, elabora hipóteses sobre ele. Como tudo na Quercetana deve parecer estranho, desconhecido, precioso para ele. Ele chegou lá vindo de uma realidade distante, certamente dura, difícil e miserável, de um mundo onde ninguém se importava com ele. Rosa gostaria de dar as mais belas boas-vindas a Tan e de poder ajudar a oferecer essa acolhida, mas não sabe como, com que gestos. Fica inquieta, presa de uma curiosidade obsessiva sobre seu novo vizinho. Uma agitação que ela tenta esconder de si mesma, enganando o tempo e seus próprios pensamentos.

Através de Paola, vem o convite da Senhora: no sábado seguinte, se quiser, Rosa pode ir até o Casarão e passar a tarde com Tan. É recebida no quarto que agora é dele, o que fica no final do corredor no andar de cima. É um cômodo grande e retangular que Rosa viu apenas uma vez de passagem, acompanhando a mãe para fazer a faxina. Antecipando a chegada de Tan, o quarto foi decorado por Enrica: sob a janela há agora uma mesa, ao lado da cama uma poltrona, no chão um grande tapete kilim com arabescos verdes e azuis. Tan observa Rosa entrar sem qualquer reação; sentado imóvel na beirada da cama, ele a examina de lá, com o ar ranzinza de alguém que sofre uma incursão indesejada.

"Organizem-se como quiserem, crianças!", exclama Enrica antes de deixá-los sozinhos e voltar para o andar de baixo. "Eu venho chamar vocês quando for a hora de a Rosa ir embora: divirtam-se!", diz com o tom tenso na tentativa de parecer animada. Ela se sente estranha nesse novo papel de mãe, Rosa percebe, e a própria Enrica parece estar ciente disso, o que a deixa ainda mais desajeitada.

Antes de escolher sentar-se no chão, sobre o kilim, Rosa pega da mesa dois baralhos de cartas francesas, que notou assim que entrou no quarto; e para ganhar coragem e se entreter, já que Tan ainda não dá sinais de querer se comunicar com ela, começa um jogo de paciência. É um jogo que Rosa aprendeu com seu avô materno durante as últimas férias de Natal, quando foi com seus pais visitá-lo em Terni. O nome do avô é Sergio, ele é o único para Rosa (a avó morreu quando ela ainda era muito pequena, os outros dois avós faleceram antes de Mario e Paola se casarem). Vovô Sergio é um homem rude, mas muito bom: com ele, Rosa sempre aprende histórias, anedotas, jogos de baralho e muito mais.

O jogo de paciência não é muito complicado, mas os critérios que o regem não são isentos de dificuldades: ter sucesso no jogo exige muita concentração. Sentada no chão, depois de ter espalhado as cartas no tapete, Rosa não tira os olhos delas. Para esse dia ela escolheu um macacão de algodão azul-petróleo comprado por sua mãe na última vez em que estiveram em Florença, uma peça de roupa de que Rosa gosta muito, que a faz se sentir confortável e lhe dá confiança. O cabelo está preso como sempre tem estado, é muito liso e comprido, nunca foi cortado, apenas de vez em quando Paola o apara, mas fora isso nunca viu um cabeleireiro; uma mecha está solta e pende para um lado, Rosa a prende continuamente atrás da orelha, sem parar de se concentrar no jogo de paciência. Tan não se moveu da cama e, por mais que demonstre indiferença, passou a acompanhar o jogo, nenhum movimento de Rosa lhe escapa. Ele a encara, e ela pode olhar nos olhos dele, pela primeira vez observando-os em plena luz: são azuis, de um azul-escuro intenso, muito brilhantes. Olhos vivos como Rosa nunca viu.

"No dois eu posso colocar o ás, e no ás o seis de paus – são do mesmo naipe..." Rosa repete as palavras que ouviu de seu avô, alguns meses antes, quando estavam sentados juntos à mesa da cozinha da casa em Terni, diante de uma geada que fazia pensar que a neve estava chegando. Tan não diz nada, certamente o significado dessas palavras não está totalmente claro para ele, mas Rosa está convencida de que ele está acompanhando a explicação. Ele a ouve atentamente, e isso também a intimida, essa inteligência e o rosto marcado que faz com que Tan pareça mais velho do que é ("você pensaria que ele tem pelo menos quinze anos", pensa Rosa). Tão diferente das expressões juvenis dos outros colegas de Rosa, a de Tan é intensa, seus traços já são maduros. Seu queixo quadrado tem uma covinha no meio, sua boca é carnuda, vermelho-escura, carmim, a linha do lábio superior levemente ondulada. Enquanto acompanha o jogo de paciência de Rosa, ele boceja, e ela percebe seus dentes feios: além de serem um pouco tortos, os dentes de Tan são amarelos e desgastados.

Uma rodada de baralho, depois outra, uma terceira em que Rosa descobre como organizar o maço e vencer, parabenizando-se com uma exclamação de contentamento que cai no vazio. Tan, nesse momento, deixa de dissimular seu interesse e também decide se sentar no tapete, de pernas cruzadas, de frente para Rosa.

Balança o tronco e agita as mãos para expressar seu desejo de aprender o jogo. Rosa está imediatamente pronta, rápida para ir além da surpresa; ela explica com entusiasmo, da forma mais clara possível. As cartas servem para ilustrar, tornam-se exemplos em um piscar de olhos: um pouco disso, um pouco de gesticulação, ela e Tan encontram rapidamente uma maneira de se entenderem.

"O objetivo é terminar o baralho, isso está claro, não está? E se você terminar o jogo com um rei, a aposta é dobrada, entendeu?", diz Rosa, agitando a carta do rei de copas no ar.

Tan a encara com seriedade. "Aposta...?", ele repete em dúvida, coçando a cabeça como se estivesse procurando uma solução.

"'Aposta' no sentido de que você ganha duas vezes, o que é o melhor resultado", diz Rosa depois de colocar a mesma carta do rei no final do baralho e virar a mão para simular a surpresa. Tan acena com a cabeça e esboça um sorriso, ele realmente parece ter entendido, seus olhos brilham em azul-escuro e Rosa sente uma pontada no coração ao perceber.

As horas passam assim, um jogo de paciência para cada um, e quando um termina sua mão, passa o baralho para o outro, sempre sentados no kilim, aquele retângulo de tecido feito à mão que é o reino deles, o tapete voador no qual ela e Tan rodopiam juntos. Rosa explicou e Tan aprendeu, rápido, capaz, até mesmo beijado pela sorte, já que ganhou três vezes, enquanto Rosa apenas uma. O tempo passa rápido, horas densas, sem tensão ou momentos de tédio: até que Enrica aparece na porta para anunciar que são sete horas, hora de Rosa ir para casa. "Sua mãe está esperando por você", diz em um tom que, mais uma vez, gostaria que fosse harmonioso, melodioso, mas que, em vez disso, ainda mais que antes, mostra-se desajeitado, inadequado ao se dirigir a Rosa como se ela fosse uma simples amiga de Tan, e não também a filha da caseira – Paola, a mulher que vem todas as manhãs para manter limpo o Casarão.

Rosa vai embora encantada por aquela tarde. Para ela – apesar da timidez, da falta de jeito, dos muitos mal-entendidos na fala, dos longos silêncios, foram horas de verdadeira diversão. A imagem dela e de Tan concentrados em suas cartas, cada um envolvido em seu jogo de paciência, mas juntos, bem próximos, segue-a e permanece com ela, acompanhando-a mesmo quando ela viaja. Vai para as Le Marche, para Senigallia, onde os Ossoni têm o hábito de passar as férias de verão nos últimos anos. Em Senigallia, vive um primo de Paola, o tio Antonio, dono de uma oficina e que tem dois filhos um pouco mais velhos que Rosa. São gêmeos, Stefano e Alberta, conhecida como Bertina: Rosa se dá bem com eles – como filha única, gosta da sensação temporária de fazer parte de uma grande família, assim como seus colegas de escola, cujas histórias de domingos e feriados comemorados por tantos ela sempre ouve com um pouco de inveja.

Ao voltar a Quercetana após as férias em Le Marche, voltam também os encontros com Tan no Casarão, sempre aos sábados à tarde. Horas que Tan e Rosa passam juntos – jogando *briscola*,* rouba-monte, buraco: os jogos de cartas que Rosa aprendeu com seu avô, é ela que agora os ensina, cada sábado um jogo diferente.

"Você nunca deve mostrar suas cartas ou deixar transparecer seu raciocínio... em muitos jogos, o que importa é saber fingir, Tan", diz ela, sincera e séria.

"'Fingir' significa mentir?", ele pergunta. Com o passar das semanas, ele se tornou mais desenvolto falando em italiano.

"Não é bem mentir... mas não deixar que adivinhem."

Rosa é uma professora clara e pontual, Tan um aluno sagaz e rápido para aprender. Enquanto brincam, ele sorri com frequência, às vezes gargalhando, seus dentes feios não tiram nada da beleza de seu rosto já de moço, mais maduro que sua idade. Certa vez, na empolgação de ter vencido Rosa no jogo

---

* A *briscola*, assim como a *scopa* e o *tressette*, é um dos jogos de baralho mais populares da Itália. Joga-se com um baralho de quarenta cartas com os valores A, 2, 3, 4, 5, 6, 7, valete, dama (ou cavalo), rei, de naipes italianos ou franceses. [N. T.]

de *briscola* por cinco mãos seguidas, ele toca o dorso da mão dela com uma carícia suave, de intenção consoladora. Com esse contato, Rosa sente-se estremecer.

Quando os jogos, que às vezes se transformam em torneios, terminam, volta o Tan de sempre, carrancudo, fechado em si mesmo, com um olhar que lincha Rosa. Uma hostilidade da qual ela aprende a não se sentir repelida: agora ela sabe que existe aquele ponto em comum do jogo sobre o qual podem prosseguir juntos, e saber disso lhe dá segurança, pois com os modos rudes e duros de Tan ela não se deixa mais magoar. Assim como eles se encontraram no baralho, o mesmo acontecerá com outras coisas, em relação a outras coisas. Basta esperar, Rosa diz a si mesma, virando-se na cama em busca de sono. Esperar por Tan. Esperar que Tan confie nela.

No jantar, com seus pais, faz de tudo para esconder sua preocupação. Camufla qualquer apreensão por trás de se manter ativa: põe a mesa, tira a mesa, finge que está assistindo à televisão com eles. Ao final de cada refeição, Mario descasca uma maçã para ela, um gesto que se repete desde que Rosa era criança. Como um ritual: seu pai, habilmente com a faca, sem nunca tirar a lâmina, descasca a fruta, transformando a casca em uma longa tira helicoidal que Rosa agarra todas as vezes, admirando e se divertindo. O relacionamento com o pai é mais fácil do que com a mãe. Paola, aos olhos de Rosa, é muito severa, tímida, insegura, com aqueles sorrisos curtos e arrastados que a filha detesta; tem muito medo de que algo muito intenso e direto possa tomar conta, perturbar sua vida ordenada e sempre um pouco resignada. Uma rigidez que o isolamento de viver na Quercetana amplificou: se tivessem ficado em Terni, Paola provavelmente teria sido uma mulher mais alegre, menos fechada, não se entrincheirando nos constantes julgamentos que faz sobre o comportamento dos outros – do marido, da filha, agora de Tan. Mas Rosa é jovem e arredia demais para estar disposta a entender sua mãe e perdoá-la. Jovem e agora também agitada, no limite, capturada como está por pensar constantemente em Tan. Ela vê seus olhos, seus olhos azul-escuros, seu belo rosto, apesar dos dentes tão danificados para sua idade (a causa é a água ruim que ele bebeu nos primeiros anos, mas Rosa só saberá disso algum tempo depois). Embalada por essa imagem dele, ela adormece quando pode; em outros momentos, fica acordada e, na escuridão, começa a fantasiar. Imagina um Tan diferente e despreocupado, muito mais feliz do que é na realidade. Será ela, Rosa, que o animará, ela (como já é) sua melhor amiga. Com ela, Tan rirá, eles rirão juntos, ele ficará feliz, tranquilo pela presença de Rosa, enquanto jogam baralho estarão próximos, muito mais próximos do que nunca. De vez em quando, Tan vai sair do jogo e pegar suas mãos, vai acariciar Rosa no rosto, às vezes até lhe dar um beijo nos lábios, um beijo tímido e cheio de felicidade. Rosa, o que eu faria se não fosse você: ele nunca dirá isso com palavras, mas será como se ela o ouvisse. Rosa, minha Rosa, minha Rosa.

Então ela pensa em Tan e o vê novamente em sua mente, é assim que o imagina e que sonha com ele na escuridão do quarto: é tenaz, Rosa, mesmo se permitindo a constante recorrência desses pensamentos. Ela é sua companheira de brincadeiras agora, ela será cada vez mais necessária, até indispensável mais tarde. Afinal de contas, como não ver o sinal do destino: Rosa, alguns meses mais velha que Tan, é quem mora na Quercetana, onde ele começa sua nova vida como filho adotivo. Ela é a pessoa adequada para fazer companhia a ele, para ser seu canal – para atuar como intérprete entre

Tan e o mundo, é esse e será esse seu papel, Rosa se repete no redemoinho feliz das fantasias. Ela, a única que poderia estar perto de Tan de verdade na Quercetana. A única que entendeu as razões, as causas, os motivos secretos de seu jeito rabugento e repulsivo. A única que entendeu que, se ele está sempre tão na defensiva, é porque não tem defesas. Sim, Tan é pele exposta, carne viva, que pode se arranhar com um nada. Rosa também está convencida de que a família Manera, como pais adotivos, não tem noção real dessa vulnerabilidade. Além disso, eles já lutam tanto para encontrar um diálogo com o filho; entender sua psique em profundidade, mesmo que quisessem, seria um desafio muito grande, um salto ainda maior do que aquele que eles já deram ao escolher adotá-lo e amá-lo assim – tão difícil, ingovernável como é.

Rosa os vê juntos, Tan e seus pais, subindo pelo Casarão num sábado para seu encontro habitual com Tan. "Devo ter chegado cedo demais", diz a si mesma, espantada por encontrá-los ainda à mesa às três horas da tarde; sem se fazer ouvir, se esgueira por trás de uma cerca viva e espia de lá. Sentada à mesa oval de vidro no pátio em frente à cozinha, a família Manera está almoçando; estão comendo um atabaque de arroz preparado por Paola (a sra. Enrica raramente cozinha, só algo aos domingos). Tan está encostado na parede, Rosa percebe-o de seu esconderijo: ele está sentado na cadeira, todo torto, inclinado para a frente, com as pernas cruzadas e um cotovelo apontando quase para o prato. Giovanni o repreende, enquanto Enrica, para se acalmar, bebe água repetidamente, despejando-a da jarra com um gesto rápido e nervoso. Tan não responde nada e não se move, está apático, provocador. Até que Rosa vê um pequeno sorriso de satisfação em seus lábios: conseguiu contrariar os pais.

Por trás da cerca viva, Rosa continua ouvindo. "Você ouviu o que seu pai está dizendo para você?", diz Enrica ao filho. "Mas ele não é meu pai", responde Tan após um momento de silêncio.

"Pobres coitados, os Manera", pensa Rosa: em meio a tanta tensão, não há como eles se dirigirem a Tan com a gentileza que seria necessária.

Quando se sentam no kilim no quarto de Tan e começam a jogar, ele fica em silêncio, com as sobrancelhas franzidas, claramente de mau humor, ainda mais depois de perder o jogo de *scopa* duas vezes seguidas. Na terceira vez, Rosa blefa para deixá-lo ganhar, baixa o sete justo para deixá-lo a ele, faz o mesmo com as outras cartas de ouros, para lhe dar pelo menos aqueles pontos. Por mais magnânima que sua amiga seja, ela sente pena dele. Seja como for, Rosa pensa naquele dia, Quercetana para Tan continua sendo uma terra estrangeira. Seja qual for a direção dos esforços e das habilidades dos Manera, da sra. Enrica e do Advogado, ele é e continua sendo uma criança adotada, e adotada já grande. Porque aos onze anos, não só a vida fez com que muitas coisas acontecessem (coisas demais, no caso de Tan). Mas nessa idade (a idade de ambos) um caráter já está formado: se não completamente, quase.

Aos sábados, agora, quando chega a hora de Rosa voltar para casa, Tan pede que ela fique. Sério e sincero, sem olhá-la nos olhos, "Volta logo, Rosa, hum, assim que puder", ele diz, brusco, imperativo, mas também implorando e muito doce.

"Voltarei quantas vezes você quiser", ela gostaria de responder, mas se contém, ficando quieta. Ela sai do quarto, da casa, e quando chega ao jardim, levanta o olhar e repara em Tan, que, com a testa encostada na vidraça da janela, olha para longe, para além das árvores na borda do jardim. "O que será que ele está pensando?", Rosa se pergunta enquanto caminha rapidamente ladeira abaixo, tomando cuidado para não tropeçar nas pedras maiores que estão espalhadas pelo caminho. De que passado, de que vida ele realmente vem, como se pode saber? De que buracos de vazio, e o que vibram seus longos silêncios, que acontecimentos: nem Rosa nem mais ninguém pode imaginar. A única coisa que ela sabe é o quanto gostaria de lhe dizer que ele está seguro agora, com ela. Como seria bom levá-lo a Senigallia, apresentá-lo a Stefano e Bertina, para brincarem juntos. "Tan poderia aprender italiano ainda melhor do que aprende agora", diz Rosa para si mesma, no galope de seus pensamentos sempre rápidos demais.

Enrica Manera desejou aquela criança com todo o seu coração. Giovanni, seu marido, também queria ter um filho, mas era muito menos importante para ele do que para ela: sua carreira e seu casamento com Enrica, uma parceria sólida, segura e feliz, apesar de alguns momentos de rusgo, a seu ver, completamente normais, estavam lá para satisfazê-lo e preencher sua vida. Por trás das aparências, Giovanni Manera é uma pessoa antissocial: forçado por sua profissão a conhecer muitas pessoas e falar o tempo todo – com clientes, colegas, juízes, amigos, adversários –, por dentro, no entanto, é um homem arredio e tímido. Se dependesse de Enrica, eles visitariam mais pessoas, as convidariam para jantar no fim de semana ou passariam os domingos juntos curtindo o verde do belíssimo parque Quercetana. Seria bom, e até mesmo justo, desfrutar em companhia, e não ela sozinha, dos churrascos dos quais Giovanni é um mestre de cerimônias exímio. Mas toda sexta-feira à noite ele invariavelmente se declara cansado, exausto. "Eu preferiria que ficássemos só nós dois, tranquilos, se você não se importar, querida", diz à esposa, e Enrica nunca se opõe: em silêncio, aceita.

Fins de semana juntos que o regeneram enquanto ela, ainda que não admita, fica entediada. Passam as tardes lendo juntos nas duas redes fixadas nos troncos dos pinheiros nos fundos para o jardim, noites assistindo a filmes e séries de TV, abraçados ou distantes, tanto faz, os dois sozinhos. Se a vontade aparecer, à noite transam. Aos domingos, o churrasco, sem esquecer de reservar alguns pedaços de carne ou linguiça para os Ossoni, caseiros de confiança, vizinhos, sua única e semi-invisível companhia.

Afora esse entendimento diferente da vida social e outras pequenas divergências domésticas, Giovanni Manera é feliz em seu casamento. Adora adormecer ao lado de Enrica e acordar com ela pela manhã, relaxar na cama e, no meio-tempo, segui-la enquanto ela se movimenta nua pelo quarto, com suas pernas longas, quadris estreitos, bumbum pequeno e firme, aquele corpo de égua que ele conhece em cada dobra, cada vibração, cada segredo. Ele é feliz assim, e não sente uma necessidade profunda e íntima de se tornar pai: o prazer de viverem juntos é bom, uma alegria tranquila que é suficiente, porque se mantém por si só.

O tormento é todo de Enrica; ela sente falta de um filho, mais e mais a cada dia. Um buraco que corrói sua existência, um vazio que pontua seu tempo na Quercetana. Após anos de tentativas, ficou claro que a vida não lhes pretendia dar esse presente. Uma realidade a ser assumida e aceita: eles não terão um filho. Se a crença que Enrica ouviu certa vez de um amigo que pratica ioga, de que são as almas das crianças, antes de nascer, que escolhem seus pais, for verdadeira, eles não foram escolhidos. Meditações amargas, às quais Enrica se dedica e nas quais, de certa forma, se perde, enquanto dar sentido a tudo isso continua sendo um grande esforço. Às vezes, ela chora na cama, deitada de lado, com o corpo acariciado pela seda da camisola. Chora baixinho para não ser ouvida por

Giovanni, até que uma noite ele não percebe, mas, por acaso, ao voltar do banheiro, ouve os soluços que sua esposa se esforça para abafar no travesseiro.

Naquela noite, começam a falar sobre o problema, a dar um nome a ele; em outras conversas noturnas, deitados na cama, próximos um do outro, a timidez eclipsou o desejo sexual, eles são duas cabeças falando, não mais (também) dois corpos desejando um ao outro. Eles se comunicam em recortes, em balbucios. Sem tensão. Lúcidos. Falam sobre o filho que não chega, como se diz uma pergunta que não pode mais ser evitada por ser tão urgente e decisiva. À força de falar sobre isso, Giovanni Manera se convence: Enrica está certa, ou pelo menos deveria estar. Eles poderão levar a vida mais agradável e luxuosa, tirar todas as férias que planejaram, em Bali, na Patagônia, na Nova Zelândia – o que quer que seja, "o assunto" permanecerá lá, para consumi-los e dividi-los. Eles poderiam ter tido um bebê e não tentaram. Uma renúncia arriscada: "Nós vamos acabar nos afastando, Giovanni: você pode não enxergar isso, mas eu vejo claramente".

Não é fácil aceitar, nem tentar; menos ainda conseguir. Mas tudo bem, vão tentar a adoção, "Tudo bem, querida, pensei nisso, estou disposto", diz ele enquanto enfrentam a última curva antes da Quercetana, em uma noite em que voltam de Florença, onde foram ao cinema – ultimamente vão à cidade com mais frequência, para não ficarem sozinhos em casa com a sombra desse "assunto".

Naquela noite fazem amor com uma nova doçura: a intimidade mudou, sem esperança, contudo agora cheia de esperança.

A posição profissional de Giovanni acelera o procedimento burocrático. No ambiente do tribunal, ele é uma figura conhecida, um advogado proeminente. Por uma feliz coincidência, conhece a pessoa responsável pelas adoções do Leste Europeu: um contato que, sem favoritismo excessivo, permite que a família Manera encurte muito os prazos.

Antes da viagem para a Moldávia (esse era o país designado, foi o que souberam), assistentes sociais e psicólogos se seguiram na Quercetana: uma longa procissão, cansativa de administrar, mas enfrentada por Enrica – e um pouco menos por Giovanni – com a energia de quem espera fortemente pelo resultado. Para a comissão examinadora, a renda do advogado é adequada, as despesas domésticas são insignificantes em comparação com o valor da propriedade Quercetana, tanto o Casarão como a casa dos caseiros. Soma-se a isso a excelente impressão que o casal deixou nos examinadores: Manera, um homem sólido e determinado, em todos os sentidos um adulto; Enrica, uma mulher calorosa e elegante, mas sem vaidade, e concreta, pragmática, sensata – em equilíbrio, tudo faz acreditar.

A assistente social, que veio encontrá-los como possíveis futuros pais, passou um bom tempo na Quercetana. Pequena, de cabelos escuros, com um sotaque da região de Puglia, que lhe deixa a fala cantarolada e arrastada, é guiada por Enrica em um cuidadoso tour pela casa, cômodo por cômodo; depois, com a mesma atenção meticulosa, visita o jardim – embora já esteja escuro –, elogia o cuidado com que é mantido (sem saber, elogia o trabalho de Mario como jardineiro). Faz muitas perguntas a Enrica, algumas formais, outras mais íntimas: quer conhecer os hábitos, os ritmos e os horários do casal, saber sobre a vida conjugal dos Manera ("seu entendimento, sexual também, é claro"); sobre as relações de Enrica com sua família de origem, com a do marido, com os caseiros, o sr. e a sra. Ossoni.

"Vou me encontrar com o advogado em outro momento: sempre prefiro conduzir as entrevistas separadamente", diz ela antes de entrar no carro e partir, depois de uma enxurrada de repetidos e entoados "obrigadas". Enrica a segue com os olhos enquanto ela parte, com o olhar fixo nos faróis, até a última curva. O ar da noite sopra frio, o rosa fúcsia dos oleandros emerge reluzente, quase fosforescente. O cansaço de ter respondido a tantas perguntas, curiosidades, avaliações, julgamentos – aquela sensação de estar continuamente sob escrutínio. No entanto, pela primeira vez naquela noite, ela tem um sentimento de felicidade: eles vão conseguir, vai dar tudo certo. Ainda não se sabe quando, mas ele estará lá com eles, em breve. Um filho, o filho deles.

Tan chega um ano e meio após a entrega do dossiê completo apresentado ao Juizado de Menores. Um tempo recorde em comparação com aquele esperado por outros casais na mesma situação. A resposta veio por carta registrada: Enrica a leu primeiro, em uma tarde, ao voltar de Florença. Ao ver o carimbo do Juizado de Menores no envelope, ela o abriu freneticamente, rasgando as abas, e leu o texto da carta ainda de pé, sem nem tirar o casaco.

Após uma estadia de dois meses em um local na Moldávia a ser anunciado em seguida, se tornarão pais de uma criança. Um menino, como especificaram em sua inscrição; não uma criancinha, porém, mas um rapaz – como decidiu o comitê examinador. A mensagem termina com palavras de agradecimento aos Manera, por seu "estilo de vida sólido e fortemente estruturado, que certamente garantirá ao menino um ambiente familiar acolhedor, protetor e mais do que seguro quando ele chegar".

À noite, comemoram com um vinho Barolo ano 1988, um dos vinhos mais preciosos que Giovanni mantém em sua adega.

Com os olhos embargados, ele beija repetidamente a esposa, abraça-a e, nos dias seguintes, dá atenção contínua a ela. Desde que tomaram a decisão, Giovanni esteve presente e envolvido durante todo o tempo em que aguardavam uma resposta do Juizado de Menores, repleto de visitas, entrevistas e consultas. Mesmo na viagem a Tighina, na Moldávia, e depois durante a estadia lá, necessária para poder levar Tan com eles para a Itália, ele foi solícito, amoroso e gentil com Enrica. No entanto, quando ele e Tan retornam a Quercetana, ele muda: de repente, torna-se distante, desajeitado e não muito expansivo com o filho. "Um pai inadequado e esquivo demais", pensa Enrica com ressentimento. Os novos hábitos de Giovanni a magoam, mas esse é um ressentimento que ela não tem tempo para remoer agora. Ela precisa viver e deixar Tan viver sua chegada da forma mais suave e gentil possível. Fazer com que ele se acostume à casa, a seu quarto, mostrar a ele as roupas e os brinquedos que ela comprou antes de ir para Tighina (as roupas lhe interessam um pouco, os brinquedos ele nem olha). O primeiro passeio pelo jardim para mostrar a Tan as árvores mais bonitas, o jardim de rosas, a pequena estufa onde, com a ajuda de Mario, Enrica começou recentemente a cultivar tomates, abóboras e abobrinhas. A primeira ligação para a tia, irmã de Giovanni, que mora em Milão. Desses pequenos rituais inaugurais, desejados e imaginados por meses, Giovanni se retira. Em vez de um sonho finalmente realizado, a presença de Tan parece deixá-lo desconfortável. Algo muito difícil de lidar. Uma situação desmedida, aquele garoto e sua natureza dura e arredia.

Durante dias, Tan permanece trancado em seu quarto e de lá se recusa a sair: Enrica passa horas pregada em frente à porta do quarto, chamando-o, implorando, insistindo para que ele saia: nada. "Não, nãoooo!" é a resposta de Tan, um grito rouco, cheio de raiva e que ecoa pelo corredor. Durante as noites, agora, Enrica chora de novo, seu rosto silencioso apertado contra o travesseiro: lágrimas tão diferentes daquelas lágrimas aflitivas de quando Tan era seu sonho sozinho, não compartilhado por Giovanni (ele agora, como então, incapaz de consolá-la – a diferença é que agora ele nem tenta).

Toda manhã, Enrica tenta novamente, tenta convencer Tan: que abra a maldita porta, chega! Chega de hostilidade, chega de recusa. Que ele finalmente se decida a entrar em um relacionamento, a se comunicar com eles, são sua mãe e seu pai, estavam esperando por ele, não querem nada mais que enchê-lo de amor. "Saia, vamos, Tan; você vai ver que ficaremos bem. Eu sou sua mãe, se eu prometo, é verdade."

Giovanni jamais faria tais esforços. Ele simplesmente evita: fica em silêncio. Afasta-se e, quando chega a hora do jantar, irrompe no corredor para persuadir sua mulher a se afastar dali. "Deixe isso, Enrica, por favor, agora desça as escadas; você está exagerando, e não adianta, você sabe", ele diz a ela, colocando a mão em seu ombro em um gesto no qual ela sente mais paternalismo que amor.

Mais uma vez conversam à noite, quando estão na cama: com as pernas acariciadas pelo contato sedoso da camisola, Enrica respira fundo algumas vezes para se acalmar e ouvir o marido. Ela não fala nada sobre a solidão em que se sente confinada desde que Tan está com eles, barricado atrás de uma porta. Em vez disso, tenta entender Giovanni, cujo mal-estar ela percebe como mais forte que o seu próprio. "É difícil para mim admitir, você sabe", ouve-o dizer, "mas a verdade é que eu realmente não sinto nenhum instinto paterno, Enrica. Vejo você agitada com Tan, na maior parte do tempo muito tensa, mas, no geral, confiante: segura de si. Eu realmente não sei por onde começar. Não sei o que fazer, quero dizer. Tan está sempre irritado e não sei como lidar com toda essa raiva. Para você, mesmo que raramente, ele dá alguns sorrisos: para mim, nunca, nem um sequer. Nunca uma palavra, um gesto, qualquer sinal de não hostilidade".

Enquanto fala, castiga o próprio rosto, toca-o várias vezes como se quisesse se orientar, e, na penumbra da sala, Enrica acompanha essa explosão com tristeza. "Isso é ter um filho? Tanta tristeza, dificuldade... era isso que estávamos procurando, e que há dois anos estamos nos esforçando tanto para conseguir?", ela o ouve sussurrar, um eco de angústia em seu tom que ela nunca percebeu antes.

"Leva tempo, Giovanni; tempo. Quem sabe o que Tan experimentou antes de vir para cá? Pode ser que ele se abra um pouco mais comigo por me ver tanto em casa... Não estou impondo isso a você, é claro que não: mas você deve tentar voltar para casa mais cedo à noite, ficar menos em Florença e mais aqui na Quercetana. Nesta primeira fase, pelo menos, devemos ser pacientes, muito pacientes, meu amor", conclui ela com doçura, beijando os olhos do marido e falando baixinho, muito baixinho, para que Tan, no lado oposto do corredor, não os ouça. "É o começo; e nós tínhamos dito que o começo seria a parte mais difícil, não foi?"

Novos esforços: uma viagem para Impruneta sozinhos, pai e filho. Uma tarde desastrosa. Tan entra no carro e começa a brincar com o rádio, o som da música que muda constantemente, tocando no volume máximo, invade o automóvel, o nível de som é insuportável, e, enquanto ele se diverte a uma velocidade vertiginosa girando o controle deslizante do rádio com a mão, Giovanni, ao volante, fica cada vez mais nervoso. Sua testa está coberta de suor, ele dirige aos solavancos, tirando o pé da embreagem com movimentos bruscos que revelam seu estado de tensão. O passatempo de Tan é pura tortura para os ouvidos, uma provocação que nenhum sistema nervoso adulto seria capaz de suportar; até que Manera não aguenta mais, freia o carro no meio do campo e solta um grito: "Chega, por Nossa Senhora!", ele lança sua blasfêmia bem alto no céu.

Tan não esperava tal reação; começa a chorar e, enquanto isso, esforça-se para abrir a porta, querendo sair e correr para o campo. Giovanni o segura, apertando seu braço com força; logo em seguida, com gestos e algumas palavras simples em italiano, escolhidas para serem entendidas por Tan ("chega", "agora a brincadeira acabou", "por favor"), negociam a paz. Tan promete manter a calma: eles partem novamente em direção a Impruneta. Não chegam até lá, porque pouco tempo depois, lá está ele, destemido, mais uma vez ligando o rádio do carro no painel, o interior do carro mais uma vez preenchido com a cacofonia estridente de uma música insuportavelmente alta. Ele venceu, é isso o que conta para Tan: o sorriso venenoso se voltou para o pai, que, nesse meio-tempo, deu meia-volta e está voltando para pôr fim à provação daquela viagem.

Chegam a Quercetana muito mais cedo que o esperado, e para Enrica, basta ver a expressão no rosto de ambos para entender. Nada, nenhuma chance: a Giovanni Manera, um novo pai, sentir-se como tal e comportar-se como tal requer um esforço muito árduo. Busca e encontra refúgio em seu trabalho: volta tarde da noite, às dez, onze horas, às vezes até mais tarde. Janta com Enrica, que à custa de longos jejuns sempre espera por ele para comer com o marido. Encontra-a cada noite mais melancólica, exausta e sombria. Sozinha por muitas horas: não houve nenhuma maneira de Tan sair de seu quarto/trincheira.

Em Terni, onde o casal Ossoni morava antes de se tornarem caseiros de Quercetana, Mario trabalhava na Thyssenkrupp Acciai Speciali. Enquanto ele ia para a fábrica na periferia sul da cidade todos os dias ao amanhecer, Paola dividia seu tempo entre dois hotéis no centro cujos quartos ela limpava: um era mais luxuoso, o outro, de duas estrelas. Foi na primavera de 1993 que Paola soube, pelo chefe de equipe do hotel de luxo, que uma senhora na Toscana estava procurando por caseiros. Apenas alguns dias antes, para sua surpresa, mas também com grande felicidade, havia descoberto que estava grávida; a perspectiva de continuar a limpar quartos a desanimava e preocupava – ela temia que fosse cansativo demais manter o emprego durante toda a gravidez. Sentia-se infeliz, assim como observava infeliz e abatido Mario, seu marido. Naquela mesma noite, o havia informado: "Perto de Florença, estão procurando caseiros, de preferência marido e mulher". Não havia necessidade de insistir: Mario, assim como ela, viu a oportunidade imediatamente.

Já na semana seguinte haviam sido convocados pela sra. Manera: saíram de trem com suas melhores roupas, Mario tirando o pó da gravata de casamento, uma gravata regimental com largas listras cor de vinho e azul-escuro. "Não se escolhe um caseiro porque ele usa gravata", Paola lhe dissera, um pouco irônica e um pouco séria, quando estavam no trem. Mario assentiu nervosamente com a cabeça: ele estava ao mesmo tempo atraído e alarmado pela possibilidade de uma nova vida, em nome da qual eles estavam fazendo aquela curta viagem. Sentia o cansaço dos últimos anos na fábrica em seu corpo, um cansaço tão penetrante quanto um veneno. Em pouco tempo, eles se tornariam pais – de uma menina, como o ultrassom indicaria alguns dias depois. Mudar de vida poderia ser não apenas um presente, mas também algo muito próximo de uma necessidade. "Deixem-me crescer em outro lugar, em um lugar onde vocês sejam um pouco felizes", era como se sussurrasse, minúscula, a futura Rosa.

Na viagem de trem de Terni, trocando de trem em Orvieto, em silêncio; depois de comentarem juntos sobre a gravata de Mario, já não abriram mais a boca. Um motorista foi buscá-los na estação Campo di Marte, em Florença, sempre silenciosos no caminho, admirando a paisagem, o verde a cada curva, mais bem cuidado e exuberante, tão diferente dos panoramas austeros e selvagens da Úmbria. Com a sra. Manera, uma conversa cordial, sorrisos e algumas palavras antes de chegar ao ponto. O que eles sabem fazer, quanto acham que podem suportar o isolamento: Enrica capta essa informação, sóbria e educada como sempre será com eles – e enquanto fala do sofá carmesim estofado em tafetá de seda em que está sentada e das janelas e portas francesas da sala de estar pode-se vislumbrar o jardim em toda a sua beleza, Mario e Paola, os futuros pais de Rosa, empoleirados no outro sofá, acenam com a cabeça absortos, bem sérios. Um pouco perdidos, mas já convencidos.

Contratados alguns dias depois com uma ligação telefônica: começam já antes do verão, se concordarem. A mudança de Terni organizada às pressas – por natureza incertos e não muito corajosos, marido e mulher Ossoni naquele momento estavam, ao contrário, proativos, fortes pela determinação que é Rosa, sua vinda ao mundo acendera essa chama.

Apesar do apoio do líder do sindicato, Mario recebera uma indenização por despedimento exígua da Thyssen, comparada a um salário muito melhor como caseiro e jardineiro na Quercetana. Além da remuneração financeira, a acomodação também era mais conveniente e adequada, a casa de um andar no meio do campo, que era mais espaçosa e aconchegante do que o quarto na casa de seu sogro em Terni, onde Mario e Paola, recém-casados, haviam começado a viver juntos.

Ao lado da casa dos Quercetana há um galpão de ferramentas e, um pouco mais adiante, uma vaga de estacionamento coberta. Árvores, choupos, o grande carvalho que Rosa adora, um lariço americano fino como um fuso na encosta verde a oeste do Casarão. Árvores frutíferas, duas romãs, um pessegueiro, uma nogueira preta. E um silêncio profundo, reverberando por todo o vale.

Rosa nasce em janeiro, e Paola, protegendo-a do frio, começa a deixá-la ao ar livre. No Casarão, Mario trabalha metade do dia como jardineiro, o resto do tempo é um faz-tudo; Paola, empregada doméstica e cozinheira. Todos os sábados vão juntos ao vilarejo, fazem compras no pequeno supermercado no entroncamento com a rodovia; às vezes se aventuram em Florença, onde sempre param por pouco tempo. Rosa tem um ano quando vão à Catedral com ela, porque Paola se convenceu de que é um bom presságio; a cidade, porém, os intimida, sentem-se sobrecarregados. Na Quercetana, por outro lado, em sua maneira contida e nunca expansiva, são felizes. Em comparação com a vida que deixaram para trás em Terni, aqui tudo é imediatamente menos duro de suportar; doce, na verdade, não fosse pelo fato de que o tempo passa muito calma e silenciosamente para os Ossoni, que estão acostumados ao sacrifício, mas também a mais encontros, mais conversas – por menores que sejam, a mais trocas diárias. Na Quercetana, toda a sociabilidade é condensada nos convites dominicais da família Manera para tomar café no Casarão: nada mais. Mario e Paola aceitam, já apegados à sra. Enrica (menos ao Advogado). Dela intuíram a benevolência, sua natureza gentil; e são muito gratos, pois é graças a ela que eles têm uma nova vida, essa estabilidade tranquila. Enrica imediatamente se afeiçoa a Rosa e insiste com Paola para que ela leve a filha para a casa durante o horário do trabalho doméstico. Quando Rosa começa a andar, enquanto Paola está ocupada limpando a casa, é Enrica quem entretém a criança: ela a segue enquanto engatinha no gramado, colhe flores para ela, inventa jogos para diverti-la. Não tem nem um pouco de familiaridade com crianças, nem sente ainda o intenso desejo de ter um filho que a tomará mais tarde; no entanto, gosta muito da garotinha dos caseiros, muito loira, clara, com seus olhos cor de avelã e tão inteligente. A possibilidade de ser mãe, para Enrica, toma forma então, naqueles primeiros contatos com Rosa quando criança. Olhando em seus olhos grandes e arregalados, sentindo o cheiro de talco que emanava de seus bracinhos gordinhos. Nada mais que poucos instantes: mas cheios de uma ternura que preenche o coração de Enrica, sem que ela saiba, uma ternura que pressagia tormentos futuros.

O Advogado também gosta muito dela, a filha dos caseiros: sempre que a vê, brinca com ela e a faz rir, fazendo caretas engraçadas. Quando Rosa está um pouco mais velha, seu pai constrói um tipo de casa de bonecas para ficar no jardim, espaçosa, de três andares, com todos os cômodos prontos, as pequenas tábuas cuidadosamente pregadas umas às outras, o telhado inclinado coberto com folhas e pétalas presas à madeira com supercola. Quando Giovanni Manera passa de carro pela casinha aos pés do lariço em frente à casa dos Ossoni, volta de Florença no dia seguinte com uma grande sacola da Città del Sole contendo tudo o que é necessário para mobiliá-la. Sofás, poltronas, um forno, uma geladeira, uma máquina de lavar, camas, um tapete, cães e gatos, uma gaiola com um pequeno pássaro dentro.

Outro presente, embrulhado em papel prateado brilhante, aguarda os Ossoni em seu retorno das férias de Natal passadas em Terni. Um presente também para Rosa, um grande coelho de pelúcia branco ao qual ela dará o nome de Ino e do qual nunca se separará, em nenhuma mudança.

"Devo te ensinar a jogar pedra, papel e tesoura?"

"Tesoura?" Como acontece com todo termo novo que ele ouve, Tan reage com desconfiança. "Não; em vez disso, vamos até a aldeia. Você me leva, eu quase nunca estive lá, eu não conheço."

Fala italiano cada vez melhor, Tan, e Rosa também fica feliz em acompanhá-lo: se encontrarem algum de seus colegas de escola no vilarejo, pelo menos ele não se fará de bobo. No entanto, eles não encontram ninguém: no início da tarde de um sábado de verão, o vilarejo está deserto e, além de uma senhora idosa de cabelos muito brancos que olha pela janela por um momento para vê-los passar, ninguém mais aparece. Caminham pelas poucas ruas do vilarejo, param em frente à pequena igreja na praça, Rosa propõe que entrem, Tan se recusa. Ela lhe mostra o prédio de sua escola, o bar que não fica longe, vazio de clientes; ele olha com indiferença. Em sua indiferença, seus olhos adquirem uma luz fria que os torna ainda mais penetrantes. Irresistíveis, para Rosa.

"Você gosta de ir para a escola?", Tan pergunta a ela enquanto caminham rapidamente lado a lado na estrada de volta a Quercetana.

"Não sei dizer. Tenho que ir, ponto-final; então vou. Descer todas as manhãs, se não chover, não é um problema, embora eu prefira este caminho, que sobe. Daqui a pouco você vai passar por um carvalho, que é minha árvore favorita."

"Pode me mostrar?", pergunta Tan mais animado – as poucas casas e ruas desertas do vilarejo foram uma decepção, aquela curta viagem o entediou.

Alguns minutos depois, estão embaixo do carvalho. A luz do sol, filtrada pelas folhas, espalha uma poeira dourada, que lança grandes pontos de luz no chão.

"É isso, sempre que posso, venho aqui e conto para mim mesma meus segredos", Rosa confidenciou emocionada a Tan.

"E que segredos você conta para si mesma?"

"Os meus segredos; todo mundo os tem. Você também deve ter alguns, com certeza."

"Pode ser; quem sabe contamos um para o outro alguma vez", ele responde, feliz por encontrar as palavras em italiano com facilidade. Imediatamente depois disso, sai correndo pelo caminho ao longo dos oleandros até o Casarão. Apressado, nervoso, sim: mas nada comparado ao Tan da pá virada que Rosa é forçada a imaginar a cada relato de sua mãe.

Nas descrições de Paola, as explosões de Tan são sempre mais frequentes e violentas. Pediram-lhe para acompanhar Enrica até a casa de alguns amigos em Florença que queriam conhecê-lo, e ele não queria ir, então acabou quebrando uma cadeira com um chute. Depois desse episódio, ficou em silêncio por dias, sem falar com o pai ou a mãe. "Ele realmente não quer estar com os novos pais", comenta Paola com tristeza. "Mas como isso é possível, então...", Mario também resmunga desolado, enquanto Rosa mais uma vez tenta acabar com o desconforto se entretendo da melhor forma possível. Agora encontrou uma tesoura e começou a recortar figuras de bonecas de um álbum antigo, de quando estava na segunda ou terceira série. Trabalhar com as mãos a acalma sempre: uma diversão aprendida com seus pais e, antes disso, com seu avô Sergio, que lhe ensinou em Terni a nunca ficar entediada graças aos jogos de baralho e outros passatempos, incluindo recortar.

Enquanto espera para ir à escola, Tan não consegue encontrar uma maneira de se ocupar e fica entediado. Fica trancado em seu quarto, de onde só sai de vez em quando para fazer caminhadas curtas e frenéticas, durante as quais patrulha todo o jardim. Somente uma vez Paola o viu passar e tentou falar com ele. "'Sozinho, quero ficar sozinho!', gritou para mim", ela contou mais tarde durante o jantar, "e ele estava com tanta raiva que você precisava ver: uma fúria. Sei que não deveria dizer isso, muito menos pensar nisso, mas para mim o garoto é um pouco assustador", concluiu, enquanto, com a ajuda de Rosa, servia sopa de espelta para os três.*

No entanto, deve haver uma maneira de romper a casca das defesas de Tan e caminhar com ele, Rosa volta a dizer a si mesma. A amizade deles, que floresceu e desabrochou de imediato, uma semente bem cuidada para crescer forte, logo será tão ampla e sólida quanto uma árvore, ela também diz isso a si mesma. Tan perceberá como é bonito o fato de Rosa estar ali, de eles existirem um para o outro. Que presente, que destino feliz.

Paola também viu Tan, durante um último ataque de nervos, jogar um prato de macarrão no chão: o tapete kilim encheu-se de cacos de louça e ficou encharcado de manchas vermelhas de molho de tomate: um desastre. "Nunca mais venha!", ele gritou para ela enquanto isso, e quase levantou as mãos. Uma cena que, para Mario e Rosa, Paola descreve como

---

* Sopa típica da região da Toscana, um prato da culinária popular. [N. T.]

terrível, "de uma violência que eu realmente não sei como a sra. Enrica e seu marido vão fazer...".

A raiva de Tan é ingovernável. Além de se recusar a comer à mesa com os pais, ele se opõe a fazer muitas coisas – quase todas. Recusa-se a fazer um passeio em Florença, como Enrica e Giovanni sugerem repetidamente que ele faça. Não aceita ficar na companhia deles, nem durante o dia nem à noite, quando a televisão é deliberadamente mantida ligada para seduzi-lo a descer as escadas e sentar-se com eles na ampla e luxuosa sala de estar. "Assistir à TV o ajudaria a aprender italiano mais rápido", insiste a mãe. Tan, em resposta, lança-lhe um olhar severo, com uma encolhida de ombros que sugere que ele não se importa com nada: não precisa de ajuda para aprender nada.

Ele é capaz de aprimorar o idioma por conta própria, é verdade. Tan está aprendendo muito rapidamente a se expressar com impressionante propriedade linguística, considerando o pouco tempo desde que chegou. Ama a língua italiana: "É como se sempre tivesse sido a minha língua! Com certeza eu era italiano antes!", diz com ênfase e entusiasmo a Enrica em um domingo pela manhã, enquanto preparam juntos a churrasqueira na qual Giovanni irá assar carne e grelhar legumes. "Sim, eu era italiano, sinto isso!", repete, atiçando as brasas com um pedaço de papelão para que a chama pegue melhor. Enrica para por um momento de cortar abobrinhas e radicchio para olhar para o filho: Tan é tão bonito, a expressão atenta em seu rosto agora, sob luz forte (para não correr riscos com o fogo, ele prendeu o cabelo sob uma bandana), seu olhar cheio de inteligência, seus olhos azul-escuros felizes naquele momento. Vê-lo tão extrovertido e feliz dá a Enrica uma alegria que tem gosto de recompensa. Uma pausa de um tempo que fora amargo, tempestuoso, marcado por portas fechadas ou batidas por Tan, por seu silêncio hostil, pela ausência de Giovanni, que, em vez de ser um pai, não está presente, e quando está, é como se não estivesse. Para ela, Enrica, o medo de escorregar, sempre presente, a um passo de distância, uma vertigem assustadora e ao mesmo tempo desanimadora, é como se pudesse ser uma aposta perdida.

"Então nos vemos no sábado que vem, tá bom?", Tan pergunta a Rosa no encontro seguinte, quando o tempo acaba e ela está prestes a ir para casa.

"Tá bom, Tan, sábado; vou trazer também o baralho, assim tentamos um jogo novo."

Rosa nunca sabe até que ponto Tan realmente entende suas palavras: agora ele a ouve, olhando-a interditamente, com as sobrancelhas franzidas, sem responder nada ou dizer mais nenhuma palavra até que ela vá embora.

Em Terni, na casa de seu avô, Rosa leu uma história em um livro de *Fábulas do mundo*. Contava sobre um soldado que volta da guerra e não consegue mais sentir seu coração, não consegue sentir nada – nem alegria nem dor. Ele consulta uma mulher da aldeia, uma senhora idosa respeitada por todos como a mais sábia. Equipada com ferramentas estranhas, a mulher desparafusa a cabeça do soldado e logo em seguida extrai seu coração. Ela inverte os dois de lugar e os mantém assim trocados por alguns dias. O soldado a abraça e chora de alegria, cheio de gratidão, e essas lágrimas são a confirmação de que tudo nele está funcionando novamente. Quem sabe talvez o cérebro e o coração de Tan tenham trocado de posição, e Rosa, como a velha do conto de fadas, terá de restaurar a ordem – ajudá-lo a sentir novamente, em vez de estar sempre defendendo e atacando. Uma fantasia que a emociona: ajuda a dar sentido aos dias que a separam do sábado seguinte, quando ela poderá voltar para Tan – vê-lo novamente.

À noite, na casa dos Ossoni, comentam sobre o início de Tan na escola. Paola relata que, afora reclamar do fato de ter de ir e voltar entre Quercetana e Florença, ele parece feliz. Nos primeiros meses, não se relacionou com ninguém, nenhum colega de classe foi convidado para ir a Quercetana, e isso – Paola relata, tendo ouvido isso dela – desagrada e preocupa a sra. Enrica. Por decisão conjunta da família Manera, Tan foi matriculado em uma escola pública em Florença, que tem uma seção internacional para crianças bilíngues e poliglotas, adequada para ele, que está aprendendo italiano rápido e bem, mas ainda não com o domínio necessário para seguir o currículo da escola pública em sua totalidade.

Enquanto isso, a paixão de Tan pela língua italiana só cresce. "Sonhei em italiano!", diz triunfante para Paola, que chega em uma manhã para arrumar seu quarto. Com ela, tímida e arredia, Tan agora se sente mais à vontade. Seu jeito discreto, sua pequena estatura, seus seios grandes, os cachinhos que brotam sob a touca que ela sempre usa quando trabalha, Paola tem uma delicadeza que tranquiliza Tan.

Ele também conta a Enrica sobre o sonho que teve em italiano, enquanto vão de carro vão para Florença. O fervor de Tan pelo idioma dá alegria à sua mãe, até mesmo um sentimento de orgulho que ela não demonstra. Manifestar isso poderia ser forçar a barra, querer trazer Tan para o lado dela, para o lado da vida deles na Itália. Na época, no entanto, tanto a psicóloga quanto a assistente social recomendaram o contrário: que Tan nunca sentisse que o mundo de origem e o mundo de chegada fossem antitéticos, que ele nunca sentisse que estava diante da alternativa entre o passado (a vida no orfanato em Tighina, Moldávia) e o presente. Enrica se lembra bem das palavras da assistente social: "Ele já é um menino crescido, é importante que perceba uma continuidade na passagem do tempo, não a violência de uma ruptura". Para Enrica se mostrar extasiada e feliz com o progresso de Tan no italiano seria quebrar o compromisso que ela assumiu consigo mesma como mãe adotiva: saber permanecer neutra, nunca desequilibrada.

Enquanto esperavam por sua chegada (eles agora sabiam que ele viria de Tighina, assim como o nome, o gênero, a idade), Enrica havia se encarregado de organizar a casa em todos os detalhes. Giovanni já estava frequentemente em Florença naquela época e não estava muito presente na Quercetana, então Paola ajudou nos preparativos. Era importante que Tan encontrasse tudo pronto: móveis, brinquedos, roupas no guarda-roupa, até mesmo os quadros pendurados na parede, escolhidos especialmente para ele. Para o quarto dele, uma ampliação de um panorama de Tighina, retirado da internet e impresso em uma gráfica de Florença. Em primeiro plano, a fortaleza otomana; ao fundo, chaminés, prédios, inclusive o do orfanato de onde Tan seria levado embora em breve. Outro quadro para a parede da entrada, este uma reprodução de *As passadeiras* de Degas: a pintura impressionista tem sido a paixão de Enrica desde que ela era menina, e a representação em suas intenções deve desempenhar uma função de conexão.

Essas mulheres robustas, exaustas pela fadiga, mas incansáveis, ela espera que lembrem Tan das mulheres de Tighina. Mantenha o "antes" vivo para não cortar os fios que ligam Tan ao seu passado. Ainda que ele goste muito de italiano, é igualmente importante que não se esqueça do idioma moldavo que falava em Tighina. Se aos poucos ele começar a amá-la, Enrica, ele sempre terá de saber que nasceu de outra mãe.

O que o fascina no italiano são as palavras: a música, as muitas possibilidades de sua composição. Anagramas, palíndromos, assonâncias e, em breve, até charadas: esses jogos são um verdadeiro prazer para Tan, ainda mais do que os jogos de cartas que ele está aprendendo com Rosa. Aqui também seu tempo de aprendizado é muito rápido, acelerado por uma curiosidade inesgotável. Ele, que nunca quer conversar sobre nada, está sempre falando sobre palavras. Sempre faz perguntas sobre etimologias. "De onde vem a palavra 'sombra'? E 'chuva'? E 'preguiça'?" "Por que buraco, e não fosso?" Curiosidades repentinas e exigentes, que Giovanni, Enrica (e Rosa) quase nunca conseguem responder: eles se apressam em consultar dicionários ou o Google, apenas para encontrar explicações esboçadas, que não satisfazem Tan, porque nunca lhe dizem realmente o que ele quer saber.

Rosa segue com muito cuidado os jogos de palavras de Tan, e ele está sempre inventando novos: nada o detém. "!emrala, emrala", ele é ouvido gritando um dia, enquanto pula em um pé só, fazendo barulho e sacudindo o cascalho para se mover de um lado ao outro no pátio do estacionamento. Enrica olha pela porta-janela da sala de estar por um momento e, preocupada, segue Tan – que continua a dar gritos agudos dirigidos ao pai – até Giovanni, que já está no carro e se prepara para sair. "!atsiv à ogirep, emrala", o filho insiste em gritar, sua voz estridente cortando o ar.

Há também Rosa, que se aproxima imediatamente. "Ele está dizendo: 'alarme, perigo à vista!'." Radiante, ela traduz para Giovanni Manera. Esse jogo a empolga, ela adora poder interpretar para Tan, que, nesse meio-tempo, se afastou, decepcionado por não receber uma resposta. Rosa fica parada ao lado do carro, a tempo de ver o Advogado balançar a cabeça – desapontado, ou com raiva, Rosa não sabe, apenas o observa cerrar a mandíbula, apertar os lábios até que se tornem duas linhas muito finas, com as mãos presas ao volante. Em seguida, a estridência dos pneus do jipe no cascalho, e ele parte sem sequer se despedir.

As inversões de palavras e frases inteiras se tornam uma fixação de Tan e um novo código entre ele e Rosa, que consegue decifrá-las cada vez mais rápido. Se dependesse dela, ela se divertiria junto com Tan, mas, dada a perplexidade e o desapontamento dos Manera, Rosa evita rir na presença deles; apenas traduz quando necessário – cada vez mais convencida de seu papel de mediadora, animada pela esperança romântica de que ajudar Tan a se fazer entender em sua linguagem inventada pode torná-la mais importante e valiosa para ele.

Começo da tarde: o Casarão está imerso em um silêncio mais uma vez interrompido pelos gritos de Tan. "!ohnizos racif osicerp ós, ohnizos racif oreuq ós, méugnin moc ovarb uotse oãN", ele está xingando em alto e bom som para se fazer entender através da porta de Enrica, que está petrificada no corredor, em frente ao quarto de Tan, de onde, como de costume, ela foi banida.

"O que você está falando, o que você está dizendo?", ela pergunta, ou melhor, implora, no auge da exasperação; ajoelhou-se no chão, mantém o ouvido pressionado contra a porta para captar alguns fragmentos da fala ininteligível do filho.

É sábado, Rosa está chegando à casa de campo para ficar com Tan; ela encontrou a porta da frente entreaberta e, já no andar de baixo, percebeu uma agitação no corredor. Instintivamente, ela sobe as escadas.

"!ohnizos racif osicerp ós, ohnizos racif oreuq ós, méugnin moc ovarb uotse oãN", Tan insiste em gritar.

"Ele está falando: 'Não estou bravo com ninguém, só quero ficar sozinho, só preciso ficar sozinho'", Rosa traduz num fôlego só para Enrica. Ela se vira e olha espantada, imediatamente se levanta e, na luz fraca do corredor, sua figura alta parece uma árvore, com o cabelo despenteado; seu tronco, seu corpo, firme, dando a Rosa a impressão de que pode resistir a qualquer vento. Ela não diz nada; novamente se vira e começa a descer lentamente o lance de escadas. Rosa vai atrás dela; depois das palavras de Tan – ele quer ficar sozinho: um pedido tão explícito e claro – certamente não é o caso de bater em sua porta. Não há jogo de cartas naquele dia: Rosa sai do Casarão e caminha pela trilha que passa ao longo dos oleandros, na direção de casa, com os cabelos soltos (ela os escovou tanto, por causa de Tan) despenteados no caminho. O batimento cardíaco acelerado não a deixa, nem mesmo quando ela entra na casa e Paola a vê.

"O que você fez, Rosa? Parece que você levou um susto."

"Nada, mamãe, eu estava no Casarão", murmura, tentando manter-se calma antes de irromper em lágrimas, que segurou até então. Paola não pergunta nada: tem certeza de que "o garotinho" está envolvido; mesmo que ela nunca tenha comentado até agora, com sua intuição de mãe, entendeu muito bem como Tan é importante (demais) para sua filha.

Lágrimas exaustas as de Rosa. Que galope ininterrupto, acompanhando Tan, no ritmo de sua mente, rápido demais.

Que esforço enorme para não o deixar sozinho, para tentar derrubar os muros de defesa que ele ergue para se isolar do novo mundo, daquela vida na Itália na qual ele não pode realmente entrar, não pode se reconhecer.

Na escola, Rosa não diz nada sobre seu novo vizinho; ninguém entre seus colegas (nem meninas nem meninos) parece estar à altura de sua confiança. Ela costuma ser falante (seu tempo na Quercetana, como filha única, lhe oferece poucas oportunidades de companhia; a escola sempre foi seu único espaço de socialização), mas agora se mantém reservada, evita as outras crianças. Mesmo durante o recreio, fica em um canto, fingindo consultar livros e cadernos trazidos propositalmente com ela para o parquinho, para que ninguém se aproxime.

Um dia, a professora de italiano pede a seguinte redação: "Descreva seu melhor amigo ou amiga", e Rosa, sem hesitar, escolhe escrever sobre Tan. Ela tira nove, a nota mais alta de todos os tempos em uma redação. Ela poderia se orgulhar, mas, em vez disso, mantém o fato em segredo dos pais; se ela conseguiu, pensa, foi graças a Tan, e se a ideia não a fizesse corar de vergonha, ela contaria a ele.

Falante, sim, mas tímida com os colegas de turma. No entanto, há uma garota, Federica, com quem Rosa se dá bem: elas eram colegas de carteira, mas permaneceram amigas mesmo depois. Uma garota completamente diferente de Rosa, morena, gordinha, com cabelos mal cortados e desarrumados, sempre engraçada, às vezes gozadora. Ela não vai tão bem na escola quanto Rosa, que às vezes a ajuda com a lição de casa, muitas vezes almoça na casa de Federica e depois fica com ela a tarde inteira. Sair da Quercetana de vez em quando a faz se sentir livre, a oxigena. O pai de Federica administra o único bar do vilarejo, perto da escola. Ao contrário de Rosa, Federica encontra muitas pessoas todos os dias. Essa vida social (involuntária) a torna interessante e confiável aos olhos de Rosa. É um paradoxo: Federica, que poderia contar tudo a qualquer um, é a única amiga de Rosa, a única a quem ela sente que pode contar seu segredo.

"Sabe, tenho um novo amigo", diz Rosa durante um intervalo, enquanto desembrulha seu lanche (o sanduíche recheado com presunto que Paola colocou no bolso da mochila, embrulhado em filme plástico, como faz todos os dias).

"Seu namorado?", pergunta Federica, mordendo simultaneamente duas barras de KitKat.

"Não sei... mas não, claro que não!", murmura Rosa e imediatamente se corrige, envergonhada. "Mas se você visse ele..."

"Por quê, ele é bonito?"

"Lindo!"

"E qual é o nome dele?"

"Eu só te conto se você jurar não contar pra ninguém, realmente ninguém."

"Eu juro pelo meu cachorro!", responde Federica, animada.

"O nome dele é Tan."

A outra aperta os olhos, depois os abre bem, com sardas marrons redondas no meio do rosto rechonchudo. Ela começa, pouco antes de explodir em uma risada zombeteira. "Tan? E que tipo de nome é esse? Mas se você diz, Tan... então, se fosse uma menina, seria Tana? Hahaha...", ela ri e continua a rir enquanto voltam para a sala de aula depois do recreio.

Abrir-se não muda nem diminui a temperatura de nada: Rosa sempre quer ver Tan, mesmo que seja apenas para cruzar com ele. Algumas manhãs, enquanto caminha para a escola, ela o vê passar no Lancia Ypsilon de Enrica (um carro pequeno comparado ao jipe do Advogado). Para Rosa, pareceria normal encontrar Tan acompanhado de seu pai, que vai a Florença todos os dias a trabalho: mas isso nunca acontece. A escola abre as portas às nove horas, Giovanni precisa estar no fórum no máximo às oito quando tem audiência, e deixar Tan sozinho todas as manhãs por uma hora pela cidade é impensável. Quando não vai ao fórum, a desculpa é ir ao escritório: Giovanni diz que precisa estar lá bem cedo e, recentemente, até dorme lá (comprou um sofá-cama na Ikea). Tan volta da escola de ônibus escolar, mas, no caminho, o ônibus faz uma rota diferente e mais ampla, parando longe da Quercetana. Em suma, é sempre Enrica e apenas ela quem o leva para Florença.

Exatamente como Rosa o viu pela primeira vez: Tan sozinho no banco de trás, com cara de zangado, desalinhado, mal ajustado – seja de moletom, camiseta ou calça de agasalho, sempre roupas que lembram pijama. Rosa, por outro lado, está sempre feliz em ir para a escola, bem-disposta, limpa e arrumada, com o cabelo loiro bem escovado caindo pelas costas. Os horários coincidem, Tan e Rosa se encontram; Enrica coloca a mão para fora da janela para oferecer uma carona a Rosa. Ela sobe rapidamente e elas seguem, passam em frente ao carvalho, uma curta caminhada morro abaixo até o cruzamento com a estrada principal da vila; lá eles deixam Rosa e continuam na direção de Florença. No caminho, Rosa e Tan se sentam juntos – por esse curto período, como irmão e irmã, juntos para seus dias diferentes, mas iguais. Tan remeloso, sombrio, Rosa perfeita e perfeitamente acordada. Eles ficam um ao lado do outro, sem se falar; e quando ela abre a porta do carro e pega a mochila, Tan a cumprimenta com um aceno de cabeça e um sorriso como ele nunca dá a ninguém. Rosa então se dirige para a escola toda feliz. Essas aberturas de Tan se confirmam: cada vez um pequeno passo a mais.

Em uma manhã, porém, ela o vê sair do carro e voltar. Ele esqueceu a mochila, tem que voltar para dentro da casa e ir até seu quarto para pegá-la. "Rápido, senão vamos nos atrasar!", grita sua mãe atrás dele. Na verdade, Tan anda muito devagar e parece que faz isso de propósito. Enrica fica cada vez mais nervosa, Rosa nunca a viu assim, e sua raiva a perturba, parece-lhe um agouro.

"Vamos, droga, depressa, já falei!", ela a ouve gritar novamente para o filho, que, no entanto, está arrastando os pés no cascalho, hesitando, e ainda nem passou pela porta da frente. Os minutos passam, Rosa precisa ir sem demora, ela vai se atrasar para a escola e, se o fizer, será deixada do lado de fora: mas hesita, hesita, está assustada, indecisa e envolvida demais para ir embora de ânimo leve. Não pode deixar Tan sozinho: não naquele momento.

Enrica se dirige a ele com fúria, imperiosamente. Ela está prestes a atacá-lo, mas Tan se abaixa rapidamente, como se quisesse se esquivar de um golpe. Ele se esquiva e corre para dentro; quando alcança o Lancia Ypsilon, começa a chutar a traseira do carro repetidamente. Quebra os dois faróis, e o barulho dos pequenos cacos de vidro batendo no cascalho é uma crepitação ensurdecedora. Aterrorizada, Rosa continua observando, vê Enrica cambalear a uma curta distância, depois cobrir o rosto com as mãos e começar a chorar. Ela chora pela ausência do marido e pelo fracasso do casamento, chora pela violência de Tan, seu filho adotivo; os chutes no carro são apenas a ponta do iceberg de sua implacável agressividade, cujos golpes Enrica, como mãe, não consegue mais evitar. Para Tan, não vai haver escola naquele dia. Rosa não, ela tem que ir a todo custo: corre pela rua inclinada, tenta não escorregar, reza para chegar a tempo, a ladeira é íngreme e sua mochila balança, batendo em suas costas, seu cabelo fica preso no velcro dos fechos e os fios quebram, Rosa os sente puxando e estalando. Mas isso não importa, nada importa: o único pensamento é correr e, enquanto isso, acompanhar a outra corrida, a dos pensamentos. Assim como Tan, Rosa também terá que perdoar Enrica, a dureza que ela demonstrou pouco antes. Entender que ela agiu assim por fragilidade, porque está exausta. Quando Rosa já chegou ao prédio da escola e conseguiu entrar por um fio, pouco antes de o zelador fechar a grande porta, um breve pensamento é para Tan. Ainda mais do que antes, Rosa terá de ajudá-lo. Tirá-lo daquele vórtice cego.

Perto do carvalho que Rosa tanto ama e que elegeu como seu refúgio, Tan começa a cavar um buraco. Ele o cava com as mãos, esfolando as pontas dos dedos, com fragmentos de torrões secos presos sob as unhas. Giovanni e Enrica reagem mal a esse gesto e, de longe, acompanham seu progresso (o buraco está ficando cada vez maior) com perplexidade e – especialmente Giovanni – muita desaprovação. Enrica está em silêncio, tensa; não são apenas as esquisitices de Tan que a preocupam, mas também seu marido e seu comportamento. Cada vez mais ele dorme em Florença, no sofá-cama comprado da Ikea, e suas ausências já são demasiadas para não marcarem um afastamento real. Fugir é a solução que Giovanni encontrou para esconder sua incapacidade de ser pai; Enrica sabe disso, mas não se manifesta.

Rosa também observa o aumento, dia após dia, do tamanho do buraco cavado por Tan, observa com espanto, mas também cheia de admiração pela façanha de seu amigo. Espectadora muda também, em uma manhã, da cena um tanto ridícula de Giovanni Manera inclinando-se sobre a borda daquele abismo. "Venha para casa agora, Tan; por favor, pare de fazer toda essa cena", Rosa o ouve dizer em voz baixa. A circunstância seria risível, não fosse pela aparência angustiante do homem totalmente vestido e pronto para ir trabalhar, ajoelhado no chão, com a gravata pendurada balançando no vão como se fosse um cabresto.

Não há o que fazer, Tan nem sequer ouve as ordens de seu pai. Ele continua teimando em cavar, com as mãos ainda arranhando a terra, e, quando encontra pedras, raspa-as e as joga longe. Rosa está parada não muito longe, embaixo de "seu" carvalho, atenta e preocupada como uma guardiã. "iuqa rop racif uov, muhnen otiej eD", ela ouve Tan gritar do fundo do buraco, com o olhar erguido para cima, desafiando o pai. Novamente, uma tensão que tira o fôlego de Rosa.

"O que você está dizendo, o que diabos está dizendo? Não estou entendendo!", pragueja o Advogado. "Tenho que ir trabalhar, Tan, faça-me o favor, saia e pare com isso de uma vez por todas, já chega!"

"iuqa rop racif uov, muhnen otiej eD", "De jeito nenhum, vou ficar por aqui", Tan repete, aquela frase invertida que só Rosa é capaz de entender, e que ela ficaria feliz em traduzir para o pai de Tan, não fosse o fato de Giovanni ter se levantado e reajustado o nó da gravata, com a mão sacudindo a sujeira do terno, e partido em direção a Florença.

"Está tudo bem, Tan?", pergunta Rosa ao se aproximar do buraco.

"Ótimo, sim! Me deixa terminar de preparar tudo muito bem, depois eu te convido", ele diz a ela sorrindo (e como é bonito quando ele sorri: um raio de sol).

Por sugestão de um assistente social e de uma psicóloga, Tan começa a fazer terapia. Duas tardes por semana, Enrica agora acompanha seu filho ao consultório do dr. Lenti, um terapeuta que foi encontrado através do marido de uma cliente de Giovanni. O consultório fica na Via del Giglio, a poucos metros da estação. Todas as terças e sextas-feiras, depois de buscar Tan na escola, Enrica o leva até lá e depois o espera no café, no andar de baixo. Tan nunca lhe conta nada sobre essas sessões; o dr. Lenti ocasionalmente liga para Enrica, em conversas curtas, cheias de comentários gerais, que quando escuta Enrica sempre encontra uma maneira de se acalmar.

"O menino precisa construir seu próprio espaço e seu próprio mundo: precisa ser ajudado, não impedido em sua busca", ele diz. "Ele deve ficar livre para criar os universos que quiser, como faz agora, invertendo palavras ou cavando seu próprio buraco. É uma emancipação e deve ser respeitada como tal. Além disso, sra. Manera, toda adoção acarreta fases em que as crianças também podem ser muito agressivas, muitas vezes mais do que as biológicas, ou de uma forma diferente. Para crianças adotadas, desvincular-se dos laços familiares pode ser ainda mais difícil do que para os outros: tentem, você e seu marido, pensar nisso. Tan precisa encontrar seu próprio caminho, apenas o seu próprio caminho. É difícil de aceitar, eu sei, mas ele precisa ser capaz de escolher suas próprias bases."

Com o celular pressionado entre a orelha e o ombro enquanto se desloca de um ponto a outro do jardim da Quercetana, olhando as rosas, a avenca, as buganvílias, e anotando mentalmente pequenas tarefas de manutenção a serem comunicadas a Mario, Enrica ouve as últimas palavras do terapeuta, do qual instintivamente preferiria se poupar. "Hoje são frases ditas ao contrário, amanhã será outra coisa", acrescenta Lenti antes de desligar. "Outra coisa" que Enrica não quer nem imaginar.

Com a ajuda de Mario, o buraco cavado por Tan assume uma forma circular quase perfeita, medindo mais de cinco metros de diâmetro. As paredes internas são batidas e alisadas com a pá usada, e a borda é esculpida com a ponta da picareta. No fundo do poço, a terra é sulcada de modo a criar uma espécie de banco circular em todo o perímetro, uma inclinação que funciona como um assento, se a pessoa mantiver as costas retas e coladas à parede de terra.

Esse círculo cavado no chão se torna o mundo de Tan: sua felicidade. Quando entra nele, o menino se transforma. De repente, se torna alegre: ele, que no Casarão nunca abre a boca, aqui se entusiasma com tudo. Finalmente, chega o momento de convidar Rosa. "Aqui você está na minha casa", Tan lhe diz quando ela, depois de descer em pequenos passos para não sujar seu novo tênis Converse, chega ao fundo do buraco. Eles se sentam próximos um do outro, no "banco" criado pela ranhura dentro do buraco. É maio, o ar está quente, e no buraco o cheiro da primavera se mistura com o cheiro forte da terra úmida. Um pouco mais adiante, não muito longe do carvalho, a cerejeira é uma explosão de flores brancas, tudo exala beleza. Juntos, eles olham para cima, para o céu muito azul acima de suas cabeças.

"Você está feliz, Tan?"

"Sim, estou feliz com o resultado: eu queria isso, um lugar meu, só para mim. Sinto que isso vai me ajudar", diz, enquanto dá um passo para trás para aplainar um canto do terreno ainda um pouco acidentado e irregular. "asoR, rev iav êcov, meb rezaf em iaV" "Vai me fazer bem, você vai ver, Rosa". Ela, para controlar a emoção, começa a alisar o cabelo, passando os dedos por ele e esticando-o, mecha por mecha.

Chega o verão; as aulas terminam, e Rosa e Tan passam cada vez mais tempo juntos, ao ar livre – no jardim, no buraco, na árvore "de" Rosa. Em seus respectivos lugares, convidam um ao outro. Tan raramente vai até o carvalho, na maioria das vezes é Rosa quem vai para o buraco. Lá, eles organizam jogos, levam baralho (francês e napolitano), folhas de papel e canetas para desenhar; ou ficam juntos em silêncio, ouvindo o ar calmo do verão que no meio tempo explodiu, o som imperceptível do tempo passando. Rosa se encanta olhando para Tan, ele finge não notar, mas se deixa admirar.

As horas passam e os adultos passam, Mario e Paola ocupados com seus deveres de zeladores, os Manera quase nunca juntos, ambos presos aos altos e baixos entre a Quercetana e a cidade. O Advogado vira para o outro lado: quer esteja dirigindo ou andando, caminhando ou correndo (quando dorme na Quercetana, tem o hábito de correr antes do jantar); se estiver perto do buraco de Tan, desvia o olhar e dá as costas ao filho. A iniciativa continua a lhe parecer uma vergonha e uma afronta pessoal.

"É só um buraco, Giovanni, nada mais; não vamos dar importância demais a isso", Enrica tenta minimizar a situação e, mais uma vez, nas entrelinhas, ela está pedindo ao marido que sustente a situação – que esteja lá muito mais do que de fato consegue. Que aceite Tan, suas peculiaridades, sua agressividade, sua hostilidade em relação a eles, sempre presente e que os separa como uma parede. Tudo passa e vai se dissolver, ela, Enrica, como mãe que deseja isso a todo custo, precisa acreditar: apenas aceitar Tan e sua "emancipação", como o dr. Lenti chamou. Não julgar, não criticar. Deixar que o filho se torne a pessoa que ele quer ser, da maneira que quiser.

Exigências que Giovanni não consegue entender. Está com raiva de Tan, e os dois se comunicam muito pouco, cada vez menos. No jantar, na casa dos Ossoni, Paola conta sobre os conflitos contínuos entre pai e filho; um dia, no quarto de Tan, os dois quase se agrediram: "O rapaz estava furioso com o Advogado, e a Senhora, coitada, se não tivesse conseguido segurá-lo, quem sabe o que teria acontecido...". Agora, na Quercetana, Giovanni, nas poucas vezes em que está lá, tem pressa, segue reto, não conversa mais com Mario como antes. Eles conversavam sobre plantas e colheitas, o jardim de rosas e as árvores, como podar as macieiras, a melhor maneira de manter as bétulas, a esperança de ter uma boa colheita na Quercetana – e Rosa ficava feliz toda vez que os via conversando daquela maneira.

Em agosto, os Ossoni voltam para Le Marche, para Senigallia. Rosa reencontra Stefano e Bertina, seus primos; depois que a alegria inicial passa, as férias para ela se desenrolam de forma muito diferente do verão anterior. Agora ela não está tão alegre e "companheira" como no ano anterior. Na praia (na Praia de Veludo, aonde o tio Antonio sempre leva seu guarda-sol durante o mês), ela passa horas deitada em sua toalha, tentando não sujar o cabelo de areia, fingindo estar dormindo para não ter que aceitar o convite de Bertina para se juntar aos outros para um mergulho no mar ou para ir à lanchonete do prédio e lá ficar horas com os outros meninos e meninas do grupo (sempre o mesmo) que fica ali todo verão. Ela é tímida, reservada, e seus pais percebem isso com grande desagrado. "O que há de errado com ela?", pergunta Mario certa noite, enquanto comem pizza na praia com Antonio e seus amigos. "O que você quer que faça, é a adolescência", diz Laura, a esposa de Antonio, com um sorriso malicioso que Mario não sabe como retribuir. Essa nova maneira de fazer as coisas de Rosa, ele e a esposa não esperavam, é uma circunstância inesperada que ambos, perplexos, imediatamente transformam em um motivo para sentirem ansiedade, um horizonte no qual projetam seu constante senso de inadequação (inferioridade) com relação aos assuntos da vida em geral. Mario está preocupado,

Paola está irritada, ambos sem ferramentas para lidar com a melancolia de Rosa, sua autoexclusão, atitudes que os alarmam além da medida. É um verão difícil, mas que permanece como um parêntese isolado: em vez de ser um prenúncio de confrontos, conflitos, cenas e reconciliações, essas férias trazem novos equilíbrios, logo mais calmos. O retorno de Rosa a Quercetana será mais sereno e acolhedor, seu mau humor desaparecerá e até mesmo a apreensão de seus pais encontrará descanso.

Em agosto, porém, Rosa está muito inquieta. Em um determinado momento do dia, ela deixa o guarda-sol onde todos (com a família do tio Antonio) passam o tempo e caminha sozinha ao longo da costa da Praia de Veludo. Para se proteger do sol, usa uma capa que sua mãe comprou no mercado em Senigallia, uma espécie de cafetã azul-celeste, quase até os pés, feita de um algodão leve decorado com pequenas pedrinhas brilhantes ao longo do decote. Com os pés na água, ela caminha um quilômetro todos os dias, até mesmo dois quilômetros ao longo da costa, imersa em seus jogos rituais: por exemplo, pegando conchas e pedaços de algas do chão e contando-os – se o número for par, significa que Tan também está pensando nela; se for ímpar, significa que não, não se importa com ela. Quando um doze, um oito e um catorze saem em sequência, ela se empolga de alegria. Quando sai um sete duas vezes seguidas, ela se desespera; é o mesmo dia em que, no banheiro do estabelecimento onde ela correu para fazer xixi, descobriu duas manchas vermelhas escuras na parte de baixo do biquíni. Sua mãe já lhe havia contado sobre elas, mas quando Rosa retorna ao guarda-sol e, em voz baixa, conta a Paola ("desceu"), a resposta é apenas um sorriso envergonhado. Rosa fica magoada. Juntas, elas vão para casa e sua mãe lhe mostra como usar os absorventes comprados na loja de conveniência na entrada de carros próxima à praia. "Nada vai mudar, Rosa", ela lhe diz de maneira prática, apressada; "apenas cinco ou seis dias por mês você precisa usá-los e trocá-los com frequência". Imediatamente depois, aqui estão mãe e filha suspensas na bolha de seu desconforto, aquele incômodo que é sempre o mesmo, um caroço que está sempre preso e as bloqueia, pois impede a verdadeira intimidade.

"Nada vai mudar", disse Paola, mas tudo muda. Se Rosa se isola constantemente, não é apenas por causa da adolescência, aquele desenvolvimento do corpo e da mente que palpita, como uma segunda vida ao lado dela. Há também o pensamento em Tan a perseguindo: uma respiração quente e constante. Ela sente muita falta dele. Em vez de estar em Senigallia com aqueles parentes e conhecidos com os quais não se importa, na verdade, não, é com Tan no Quercetana que ela gostaria de estar. Ela o vê novamente enquanto jogam cartas juntos, ele levantando o rosto e olhando para ela: o azul daqueles olhos, como um choque elétrico, todas as vezes.

Ao voltar das férias, Rosa convida Federica e alguns outros amigos da escola para irem à Quercetana. Ela nunca havia convidado ninguém a sua casa. A ideia foi de Mario, imediatamente apoiada por sua esposa. Assim, amontoadas no gramado em frente à casa dos Ossoni, onze crianças almoçam ao sol. Tan também foi convidado, mas não apareceu; depois do almoço, ficou claro que ele não viria. Federica ficou desapontada; estava ansiosa para conhecê-lo. "E o seu amigo?", insiste com Rosa quando elas se encontram sozinhas na cozinha. "Nada... a esta altura, se ele não veio até agora, quer dizer que não vem. Você sabe, ele ainda fala italiano de forma estranha, talvez esteja um pouco envergonhado." O fato de Tan não aparecer é, na verdade, um alívio; ele é um bem valioso, que não deve ser compartilhado com os outros.

Um mês de setembro magnífico, manhãs e longas tardes de luz dourada: o carvalho, a oliveira, a bétula, todas as árvores estão brilhando, os pores do sol são índigo e ocre, cada dia é um pouco mais curto, mas lindo. "Venham, crianças! Rápido, o lanche está pronto!", Enrica sai para chamar Tan e Rosa, que novamente estão brincando juntos no buraco, ou sob o carvalho, ou em outro lugar do jardim. Enrica parece muito mais descontraída em seu papel de mãe do que nos primeiros dias, é o que Rosa percebe. "Vamos, se vocês não vierem, vou comer sozinha a rosca", também a ouve gritar do andar de cima da casa; está risonha, finalmente alegre, finalmente confiante, pensa Rosa.

"Então, Rosa, você se divertiu na praia?"

"Ah, então... não foi nem ruim nem bom."

"No próximo ano, vou perguntar aos seus pais se você pode vir conosco para as montanhas, pode ser?"

"Sim, eu adoraria!", diz Rosa com alegria enquanto morde o último pedaço da rosca.

Só ela fala; Tan não, fica em silêncio, depois do doce engole o pudim em grandes colheradas, bebe uma caixa inteira de suco de mirtilo – tudo para evitar participar da conversa. É melhor mandar Rosa na frente: Tan com prazer lhe deixa o papel de boa amiga e boa menina que ela desempenha tão bem, bem como os poemas falados de cor no salão, anos atrás, quando Tan ainda não estava lá. Bastaria pouco para que mãe e filho se entendessem melhor, muito melhor, diz Rosa para si mesma enquanto os observa juntos. E por esse pouco, ela, Rosa, pode fazer muito, fará muito, desde que confiem nela.

Depois, por várias semanas, Tan não é visto. Talvez saia mais cedo pela manhã porque o Advogado finalmente decidiu acompanhá-lo? Ou será que é porque Enrica percebeu que tem mais tempo à sua disposição e que eles podem sair sem muita pressa? Rosa não sabe: certamente, no caminho para a escola, ela não os vê mais, o que a surpreende e perturba. Tan nunca aparece, nem mesmo no fim de semana: é como se tivesse desaparecido. É triste aproximar-se do buraco e vê-lo vazio; a única coisa que resta, no fundo, é a pequena mesa de ferro que ele insistia em levar para lá, enfiando as pernas enferrujadas no chão ("iuqa radutse riv uoV", disse a Rosa e Mario enquanto eles se esforçavam para ajudá-lo a carregá-la, com os pés patinando lentamente pela encosta de terra. "Vou vir estudar aqui": uma intenção que permaneceu assim).

Sente muita falta de Tan, e Rosa se pergunta, fantasiando: onde raios ele foi parar? Longos dias vazios, calmos e silenciosos demais, dias em que permanecer tranquila é impossível para ela. Por dois sábados seguidos, recusa o convite de Federica para ir à lanchonete de seu pai e fica na Quercetana, assombrada pela esperança sombria de encontrar Tan. Isso não acontece. Para se distrair, Rosa avança em direção a um local aonde nunca vai, na parte inferior do jardim, onde estão os choupos. Encontra ciclâmen, que pega e amarra em vários buquês; usa os caules para amarrá-los, sabe como apertá-los bem embaixo das flores para que os pequenos maços durem até chegar em casa. Depois ajuda Mario a cortar duas bétulas com a serra, uma tempestade noturna muito forte quase as derrubou, danificando a base. No domingo, Rosa dedica seu tempo aos deveres de casa, inclusive fazendo aqueles dos próximos dias. Faz de tudo para se manter ocupada.

"Mamãe, você sabe alguma coisa sobre o Tan? Não o vejo há dias, nem mesmo de manhã cedo, quando saio de casa..." Rosa não consegue mais resistir e pergunta a Paola. Sua mãe deve saber de alguma coisa, já que ela vai trabalhar na casa de campo todos os dias.

"Não sei", ela se ouve responder, "mas ele deve ir à escola regularmente, acho – nunca o encontro no Casarão pela manhã". Paola também diz a Rosa que as explosões de raiva de Tan diminuíram um pouco nos últimos tempos, que ele dá a impressão de estar um pouco mais calmo, mas "para a Senhora ainda é uma grande provação, e ela não merecia isso, ela que, coitada, passou por todos os obstáculos para ter esse filho, e veja como está sendo recompensada". Novamente à noite, no jantar, como se não tivesse passado um minuto, Paola retoma seus comentários/lamentos. "Tenho tanta pena dela, pobre Senhora: sua vida se transformou em um calvário", diz enquanto corta porções da lasanha de cogumelos que preparou e acabou de tirar do forno. Então os Ossoni começam a comer e não falam mais nada, sobre nada: Mario liga a televisão, eles assistem ao noticiário e depois a um programa de TV, com os olhos fixos na tela, os três atormentados pelo mesmo pensamento, por Tan e sua adaptação na Quercetana, tão difícil e diferente do que todos esperavam.

O medo de Rosa é que a família Manera, como a experiência de adoção de Tan não saiu como planejado, tenha decidido levá-lo de volta para a Moldávia. Ela se convence disso, dizendo que o que complica as coisas, o que as arruína, é o passado de Tan. O que ele viveu em Tighina, no orfanato, estava sempre presente, entre eles, em cada encontro, como uma sombra pairando ao seu lado. Quem sabe o que ele realmente sente? Estava sozinho lá, e Rosa não sabe nada sobre como era sua vida. Como poderia ajudar ouvi-lo contar: seria menos difícil lidar com ele, com seu mau humor. Com sua dor.

Onde você está, Tan? Na semana seguinte, em um sábado, Rosa aceita o convite de Federica; depois de terminar a lição de casa, vão juntas à lanchonete do pai dela, tomam chá de pêssego em lata, cada uma empoleirada em um banco alto, confiantes e arrogantes como duas garotas crescidas.

"E o seu amigo, como está? Quando é que você vai me apresentar a ele, a esse Tan?", pergunta Federica.

"Não é o melhor momento... vamos esperar um pouco mais", diz Rosa, com a voz embargada. De volta, ela corre para se refugiar embaixo do carvalho; olha para as bagas espalhadas em um grande tapete de folhas amarelas, verdes e vermelhas. Ela fica de pé, com as costas encostadas no tronco, totalmente absorta, pensando em Tan. Certa vez, no inverno, ela o convenceu a descer para o andar de baixo do Casarão para jogar baralho. "Vem, vamos nos sentar na sala de estar, em frente à lareira, no calorzinho. Por favor, vem, Tan." Ele ainda não entendia tão bem a língua italiana, mas assentiu com a cabeça, calçou os sapatos e desceram as escadas. Enquanto Rosa embaralhava as castas para preparar sua mão do jogo, Tan olhava fixamente para o fogo: ele perscrutava as brasas como se estivesse em busca de algo, imagens, rostos, episódios que Rosa desconhecia. Aquela vez, foi como se tivesse visto o passado de Tan se desdobrar diante dos seus olhos azuis como gelo. Uma marca mais forte do que qualquer outra. Raiz arrancada, origem destruída, sem base: desconhecida. Um galho quebrado, o tempo atrás dele: e é para não ser tiranizado por esse tempo que Tan tiraniza, por sua vez, sua mãe acima de tudo. É sempre Enrica o alvo principal, Rosa sabe: o objeto das fúrias de Tan, de suas birras, de seus acessos de raiva: Enrica é a primeira vítima da dor daquele passado que não quer passar.

Mas onde você está, Tan, porque há duas semanas eu não o encontro? Com Rosa, Paola admite que, quando chega ao Casarão, não vê mais o jipe do Advogado estacionado por lá. Essa informação redobra a ansiedade de Rosa. Mas o que está acontecendo?

O tormento termina no sábado seguinte, quando, através de Paola, Rosa é convidada outra vez. Encontra Tan esperando por ela na sala, sentado no kilim, pronto para jogar. Tudo está igual, inalterado, como se não tivessem se passado três semanas, como se tivesse passado só um dia. "Você ficou sabendo?", ele diz, disfarçando a empolgação. "Meu pai não mora mais aqui."

"Do que você está falando, Tan? Sério?" Rosa está atônita.

"Seriíssimo. Ele alugou um apartamento em Florença, perto da minha escola. Quase não fico mais aqui na Quercetana porque estou ajudando ele a se mudar." Ele fala com orgulho, olhando Rosa diretamente nos olhos, como normalmente não faz. Eles devem ter vivido algo íntimo e novo, Tan e o pai, ela sente. O relacionamento deles deve ter se soltado, encontrado seu próprio caminho. Junto com o orgulho, algo semelhante à felicidade brilha no olhar de Tan, paradoxal agora que seus pais estão se separando.

Ele descreve sua nova casa em Florença: seu quarto, espaçoso, com vista para o Arno, tão perto do rio que, quando o sol brilha, o reflexo da água surge na parede. Rosa ouve, embaralhando as cartas entre as mãos, ela está chateada, e Tan deve ter percebido, porque interrompe a história. Chateada é dizer o mínimo: para Rosa, essa notícia é uma bomba, um terremoto. Ela tenta se concentrar no jogo de *briscola* que começaram nesse meio-tempo; ela está com o ás, mas joga distraidamente e o perde. Está com medo – medo de que esse novo mundo, a cidade, o apartamento que seu pai alugou, o quarto com os reflexos do rio na parede, essas coisas levem Tan para longe. Para longe dela, para longe da sra. Enrica, que é mãe, que deseja do fundo das entranhas ser a mãe de Tan, mas que, por não o ter dado à luz com suas entranhas, completa e verdadeiramente não é mãe: nunca vai ser.

"Apartamento novinho em folha, hein! Assim que você entra, sente o cheiro de tinta fresca. Eles caiaram as paredes, eu ajudei no meu quarto, colocaram o rolo na minha mão, eu que apliquei a tinta, uma camada e depois a outra quando a primeira secou: legal demais. Os móveis também são brilhantes, novinhos. Não é como aqui, onde tudo é velho; lá é moderno... Você tem que ir lá logo, Rosa; vou pedir para o meu pai te convidar, "azetrec ohnet, odnil ragul o rahca iav êcoV", "Você vai achar o lugar lindo, tenho certeza". Ela ainda entende os jogos de palavras de Tan na hora, tantos dias sem se ver não desvaneceram seu entendimento – aquele jeito de se entenderem que é muito mais que linguístico, sincrônico, de pura telepatia, Rosa sabe disso, e agora repete para si mesma para se consolar, incansável como sempre quando se trata de esperar por ele, por eles.

Briscola, buraco, dois ou três jogos de paciência cada um. Rosa está taciturna, muito menos sociável que o normal. Desatenta ao jogo, concentrada apenas em suas próprias impressões. Sobre a nova vida "dupla", dividida entre Quercetana e Florença, Tan parece realmente feliz, como se estivesse se sentindo livre. Seus olhos azuis se fixam no tapete azul: "sasac saud ret otarab mu res iav euq ohcA". "Acho que vai ser um barato ter duas casas", diz ele a Rosa, que se sente mais desanimada a cada vez que ele se abre com ela.

Mesmo assim, tenta se acalmar. "Se eu não fosse importante para ele, ele não teria me convidado para vir ao Casarão novamente", tenta raciocinar.

Eles continuam jogando por algumas horas; Tan, naquela tarde, usa um moletom amarelo-mostarda folgado com as palavras BE YOURSELF impressas em letras pretas nas costas. Entre um carteado e outro, ele puxa o blusão, estica-o, desenrola-o, enrola as mangas quase até o úmero e, em seguida, torce nervosamente o cabelo ou olha pela janela, enquanto diz "azetrec moc, rahnag uoV". "Vou ganhar, com certeza", ele diz a Rosa, desafiando-a com um sorrisinho cruel. Ele está muito eufórico, e sua agitação amplifica o ciúme de Rosa, aquela maldita sensação de perder Tan.

Na escola, Rosa se distrai constantemente nos dias seguintes: imagina a nova casa do Advogado em Florença, o apartamento alugado para ele e o filho, a nova vida deles juntos. A solidão da sra. Enrica, sua desorientação, seu desânimo. Rosa ainda é uma garotinha, mas sua intuição é madura, como a de uma jovem mulher. Na decisão do Advogado de se mudar para a cidade, ela vê o fim da família Manera como um casal, o enfraquecimento de seus papéis como pais de Tan. É claro que, juntos, eles continuarão a proteger o filho. De agora em diante, no entanto, eles se dedicarão a ele como indivíduos separados: pai e mãe adotivos, não mais apenas raízes enxertadas, mas agora também bifurcadas, separadas.

O orgulho de Rosa êm ser uma ponte entre Tan e o mundo adulto, e o mundo em geral, também cessou: Florença agora foi acrescentada em sua vida, e a casa no Arno, e um relacionamento com o pai que recomeçou com uma base diferente, mais sólida e exclusiva, só deles. Quando Rosa cruza com a sra. Enrica no jardim da Quercetana, agora a mulher lhe parece velha e desgastada. Tem bolsas sob os olhos que Rosa não havia notado e pequenas rugas nas laterais da boca que ela também nunca havia notado. Em vez de alta, ereta e elegante, agora parece torta, com os ombros curvados e contraídos. Cumprimenta Rosa com um vago aceno de cabeça, um tanto distante. Está se retraindo de dor e Rosa sente isso: com sua intuição precoce, ela entende.

No sábado seguinte, em um intervalo no carteado, Rosa e Tan estão na cozinha na Quercetana e fazem um lanche sob o olhar atento de Enrica. Ela fala pouco e somente com Rosa, não diz nada ao filho, nem ele a ela; e Rosa, mais tarde, de volta para casa, ao pensar na distância entre Tan e sua mãe, sente o coração apertado. Ela os imagina alguns metros acima, seus quartos distantes, em lados opostos do mesmo corredor no Casarão, Tan provavelmente querendo poder voltar para Florença, para o pai.

"amelprob o é esse, adigír ocuop mu é eãm ahniM", ele confidenciou a Rosa. Ela só precisou de alguns minutos para entender: "Minha mãe é um pouco rígida, esse é o problema". Ela não é rígida, Tan, ela apenas se esforça muito porque não é sua mãe de verdade e você sempre a rejeita, Rosa gostaria de dizer, e não diz.

Com ele ela não fala abertamente, com a sra. Enrica um pouco mais. Certa manhã, Rosa está a caminho da escola quando a vê passar de carro, e a mulher lhe oferece uma carona. Ela está sozinha, Tan está em Florença, na casa do pai. Rosa senta-se na frente, e, durante o trajeto, ficam em silêncio, um silêncio calmo e solidário. Chegando ao cruzamento, Rosa dá um beijo no rosto da Senhora antes de descer. "Tan falou comigo; sei que é um momento delicado para vocês", diz a ela, e o tom tímido de uma garotinha se choca com a maturidade das palavras. "De qualquer forma, fique tranquila, Senhora: falta pouco tempo, logo tudo ficará bem com Tan, tenho certeza."

Enrica toca seu cabelo, é uma carícia muito afetuosa. "Eu já te disse, Rosa: não precisa mais me chamar de 'Senhora'. Agora vá, tenha um bom dia, estrelinha."

Não esquecerão esse momento, ambas sentem isso.

Ela o convidou para almoçar. Pensou muito antes de decidir: sua casa é modesta e muito mais despojada do que o Casarão, mas Rosa quer que Tan a veja e que conheça os Ossoni em sua vida familiar, não apenas em seu papel de caseiros da Quercetana. Desde que passaram a morar lá, Mario e Paola recebem pouquíssimos hóspedes. Recentemente, os colegas de escola de Rosa, e, meses antes, o tio Antonio e sua esposa, que vieram da região de Le Marche porque ela, Laura, sofre de doença da tireoide e precisou ir a Florença para uma consulta com um especialista. Se eles não recebem visitas, é também porque não sabem quem convidar. Além disso, sua condição de residentes subordinados (caseiros que vivem em uma casa que lhes foi dada em usufruto) os deixa desconfortáveis. Paola se angustia com isso, Mario finge que não, mas também lamenta o fato de viverem como se estivessem na ponta dos pés. A mobília é mínima: trouxeram de Terni um guarda-roupa que pertencera aos pais de Mario e um único quadro, uma natureza morta em cores escuras, pendurado sozinho e isolado na parede da pequena sala de estar.

Nesse deserto de pessoas e presenças, o convite que Rosa fez a Tan vale o dobro, e ele parece saber disso, dado o entusiasmo com que o acolhe. "Sim, é claro que vou!": no domingo seguinte ele vai, para a ocasião veste as melhores roupas, calça jeans limpa e bem passada, uma camiseta polo de manga comprida de um branco imaculado que realça o azul de seus olhos. Alisou o cabelo com gel e o penteou para trás – enfim, ele é realmente bonito, Rosa se permite pensar isso por um momento. Bonito, alegre e desenvolto, como nunca parece estar no Casarão. Para o almoço, Paola preparou macarrão com ragu, almôndegas e um acompanhamento de espinafre salteado na manteiga; Mario foi até a vila comprar alguns doces com creme na confeitaria nos fundos da lanchonete do pai de Federica. "Mesmo que seja cedo, vamos comemorar a vida de Rosa", diz ele enquanto os quatro se sentam à mesa. "Em menos de uma semana é o aniversário dela. E o seu aniversário, Tan, quando é?"

"Não sei exatamente", responde ele após alguns minutos de silêncio. "Acho que a instituição onde eu estava em Tighina emitiu um documento, mas ninguém mostrou para mim. Meus pais acham que a data é no início de junho, dia cinco, segundo eles. Mas eu não sei ao certo...", conclui. Rosa nota o tom educado, Tan quer tirar Mario do constrangimento da gafe que ele acabou de cometer.

Um almoço feliz: Tan ri muito, sua boca fica manchada de molho e até sua camisa polo está manchada em vários lugares, mas ele não se importa. Paola, Mario, Rosa, todos riem com ele, felizes com sua alegria. E Tan fala continuamente, sem parar, seu relato é uma avalanche – fala sobre a escola, sobre seus colegas favoritos, o treinamento de futebol em Bagno a Ripoli, os professores que lhe "enchem a paciência", sua terapia com o dr. Lenti, conta até sobre isso. Ele se expressa com muita propriedade, seu italiano agora é fluente e ele o domina sem hesitação. "Eu nunca quero ir ao médico dos doidinhos, mas é verdade que, quando saio de lá, sempre me sinto mais leve, de bom humor." "Doentes da cabeça", até mesmo essa expressão agora é conhecida por Tan, Rosa o ouve dizê-la pela primeira vez e fica incrédula. No final do almoço, no prato os cinco docinhos que escolheu, ainda mais animado, Tan expõe o enredo de *Huckleberry Finn*. Giovanni lhe deu o livro de presente um dia, quando entraram na loja da Feltrinelli em Santa Maria Novella. Começou a lê-lo assim que chegou em casa (a casa com vista para o Arno, conta sobre isso também) e o devorou, literalmente: terminou em menos de uma semana, e agora o está lendo uma segunda vez.

Paola e Mario ouvem fascinados; não estão acostumados com tantas palavras, assim como é inédito para Rosa ver seus pais tão interessados e envolvidos. Nunca um almoço de domingo durou tanto tempo na casa dos Ossoni.

Mais tarde, Tan ajuda Mario a transportar madeira do galpão para a casa; é melhor ter mais toras à mão, pois está frio e há previsão de neve para a semana. Rosa os segue indo e vindo, e fica impressionada ao vê-los juntos, seu pai e seu amigo, silenciosos em seu sobe e desce do jardim até a sala de estar, absorvidos em uma cumplicidade masculina que Rosa pouco entende, mas da qual gosta muito. Desde que chegou a Quercetana, Tan nunca se mostrou assim: não apenas falante, mas também dinâmico e prestativo, com a energia voltada para os outros, em vez de ficar na defensiva. E, de fato, é difícil para ela comparar o garoto que vê agora com o outro, o Tan das raivas furiosas, dos colapsos nervosos que foram tão desafiadores para a Senhora e o Advogado lidarem, que os levaram até a separação.

Tan sai da casa dos Ossoni no final da tarde, com o céu acinzentado por um pôr do sol de inverno que encurta o horizonte. Começou a chover, e, enquanto ele sobe com passos rápidos em direção ao Casarão, Rosa olha pela porta-janela em direção ao jardim, o lariço e o arbusto de cânfora tocados pelos últimos raios de luz antes do anoitecer. Não se esquecerá daquele almoço: Tan com a boca suja de molho, os olhos risonhos, Mario e Paola, geralmente relutantes em expressar qualquer sentimento, com ele, ao contrário, calorosos e expansivos. Ela estava errada em sempre criticar os pais, disse Rosa a si mesma naquele dia. Ela os via como capazes de uma simplicidade e humanidade que faltavam completamente no Casarão, à família Manera. Em muitas ocasiões, sentira vergonha do pai e da mãe, já nos domingos de sua infância, quando ia até o Casarão para declamar poemas e os via rígidos, apreensivos, desajeitados e sempre tímidos demais com a família Manera. Ou tinha vergonha deles na escola: de Mario, das vezes em que ia buscá-la e a esperava do lado de fora, desarrumado, com a camisa mal enfiada na calça, o chapéu de palha um pouco torto na cabeça, parecendo um lavrador. Tinha vergonha da mãe, Paola, que também, nas poucas vezes em que esteve em frente à escola, o fez com esforço, um desconforto visível, evidente; Rosa, por trás da porta entreaberta, esperando para sair, a via parada na esquina do prédio, uma mulher jovem sem charme nem consciência, tímida, fechada, oprimida por um fardo do qual nunca ficaria sabendo nem gostaria de se livrar, Rosa tinha certeza disso.

 Durante esse almoço com Tan, Rosa viu os pais sob uma perspectiva diferente. Talvez, quem sabe, tudo tivesse sido mais natural se ela, Rosa, fosse a filha da sra. Enrica, e Tan tivesse sido adotado pelos Ossoni em vez de pelos Manera, se tivesse morado ele na casa de Rosa em seu lugar. Com esses outros pais, talvez na Quercetana ele tivesse se sentido melhor, mais calmo, menos violento em seu comportamento. Quanto a ela, Rosa, sempre gostou de estar com a Senhora: tirando a insegurança que ainda vê, às vezes, quando a mulher está com o filho, Enrica aos seus olhos permanece como um ser maravilhoso.

A chuva bate ruidosa nas folhas do lariço em frente à porta-janela, uma meia-lua surgiu no céu de inverno. Nada é como Rosa está fantasiando, e as coisas acontecem como acontecem, mais tortuosas e sinuosas do que poderiam ter sido. Encontramo-nos em condições que não são de fato as mais adequadas, e a partir dessa lacuna, começamos a existir. Enquanto pensa nisso, Rosa sente novamente gratidão por seus pais, pela acolhida que deram ao seu amigo. Sim, Tan é seu amigo, é seu amigo: e sempre será assim.

Como prometido por Enrica, Rosa vai para as montanhas com ela e Tan. É o primeiro verão após a separação dos Manera, o primeiro em que as férias com o filho também acontecem separadamente. Tan não se mostra especialmente feliz com o convite feito a Rosa. Não comenta o assunto. É claro que ela será sua parceira, tornando o clima com Enrica menos íntimo e, portanto, mais leve, uma perspectiva que não é o suficiente para animá-lo. Sua reação é morna em comparação com o entusiasmo de Rosa, que se alegra com a ideia de viajar. Ela não irá para Senigallia naquele verão: Mario e Paola estariam dispostos a adiar as férias e esperar que ela voltasse das montanhas, mas Rosa insiste que eles façam a viagem sem ela. Nunca esteve mais ao norte do que Florença e viaja muito animada.

No trem para Brunico, ela e Tan jogam cartas sem parar. Só param quando saem do trem e entram em um ônibus: faltam mais cinquenta minutos para chegarem a Plan de Corones. O hotel é quatro estrelas, de um luxo nunca visto por Rosa. Estofado em cetim branco-champanhe como se fosse uma lembrança de casamento, seu quarto tem uma janela com vista para um vale que é uma extensão única de verde até onde a vista alcança, pontilhada de pinheiros. Por apenas alguns minutos, Rosa faz a comparação entre esse luxo e a modéstia do apartamento do tio Antonio em Senigallia.

Dois dias de descanso, depois a primeira caminhada. Longa, plana, até um lago; um pouco de conversa, um pouco de silêncio, Enrica atrás, Tan e Rosa à frente. Usados pela primeira vez, os calçados específicos para caminhar na rocha são pesados e incômodos, mas, superando o desconforto, Rosa faz malabarismos, mantendo o ritmo com tenacidade. Tudo parece estar indo bem, até que, sem qualquer provocação, Tan começa a ter um de seus ataques. De repente, começa a gritar com as duas:

"Não estou com nenhuma vontade de ficar aqui com vocês, N-E-N-H-U-M-A! Preferiria mil vezes ficar em Florença!" Parou no meio do caminho e, enquanto grita, chuta as pedras, com pontapés violentos e reforçados pelos calçados. Rosa tenta se aproximar, tímida, mas, mais uma vez, mesmo naquele lugar tão distante e diferente da Quercetana, é aliada de Tan. Por mais agressivo que seja (e sem motivo), ele a assusta, mas ajudá-lo continua sendo, segundo Rosa, sua tarefa, sua missão.

"!ãmri ahnim é oãn êcoV! zap me axied eM", "Me deixa em paz! Você não é minha irmã!", Tan grita, afastando-a com um empurrão. Em seguida, corre pelo caminho em direção ao vale: em poucos instantes Rosa não o vê mais.

Ele volta ao hotel quase três horas mais tarde, exatamente quando Enrica, já ansiosa, está prestes a chamar a polícia para dar o alarme e iniciar a busca. Ele está suado, pálido, muito cansado. Deixa que a mãe o abrace, pede uma garrafa de água e, quando ela lhe é trazida, tranca-se em seu quarto. Rosa o vê eclipsar-se atrás das portas do elevador, ela ainda imóvel na mesma poltrona do saguão onde passou a tarde inteira ao lado de Enrica. Sozinhas no salão vazio (ainda não são sete horas, ninguém desceu para comer), Enrica e Rosa pedem o jantar: canja de galinha, batatas assadas, legumes grelhados, comida deliciosa depois de tantas horas de jejum (elas não almoçaram). Passado o grande susto, passada a angústia das horas de espera pelo retorno de Tan, Rosa se sente exausta. Arrepende-se de estar ali naquele momento. Uma coisa forçada, essas férias, uma ilusão tão enganosa quanto a exigência implícita de Enrica de que Rosa a ajude com seu filho adotivo. Mortificação ao pensar em ter aceitado aquele fardo, se não ambíguo, oportunista tanto quanto Rosa, de ter se colocado naquele jogo. Tan! Rosa o ama tanto, um amor que cresce a cada dia, e estar lá naquele lugar lhe serve para entender tudo isso. Mas Tan disse a verdade, ela não é sua irmã: e seus esforços constantes para apoiá-lo foram em vão, seu ataque de raiva durante a caminhada matinal foi a prova disso.

Mais dias de férias, mais caminhadas, mais ou menos longas e exigentes, almoços e jantares consumidos no hotel, noites passadas no saguão jogando baralho (Tan e Rosa, mas Enrica também participa em algumas mãos de *briscola*, o baralho adequadamente modificado pela remoção de uma ou duas cartas). Eles conversam pouco, o mínimo possível, a fim de recuperar uma serenidade pelo menos aparente. Até a última noite: Tan irrita-se novamente – agora porque Enrica insiste que ele fale ao telefone com seu pai, e Tan se recusa, é inflexível, não quer saber.

"Ele não ouve sua voz há dias; ligue para ele, o que lhe custa? Cinco minutos de conversa e você o deixa feliz", insiste Enrica.

"Chega, droga! Eu não quero dizer nada, nem para ele nem para você. Ele não é meu pai, assim como você não é minha mãe; por que eu sempre tenho que estar presente nas suas encenações?", diz Tan em voz alta, sem se importar com os hóspedes do hotel no saguão, que se viraram para olhar para ele.

A mesma fúria do início das férias: nada mudou. Então Tan sai correndo da poltrona e vai para o terraço do hotel. Novamente Enrica e Rosa ficam sozinhas.

"Sinto muito, de verdade", diz Enrica, com pesar e desânimo vibrando na voz. "Nunca imaginei que Tan pudesse ser tão difícil e hostil durante as férias; caso contrário, certamente não teria te convidado, Rosa."

"Não se preocupe, não tem problema, Enrica. O Tan nunca é desagradável."

"Eu realmente não sei o que tem de errado com ele. Ontem, ele estava no meu quarto antes de descermos para jantar e quase bateu na minha cabeça com o controle remoto do ar-
-condicionado. Ele se permite qualquer tipo de comportamento; não tem freios. Acho", continua Enrica, "que ele sente falta do pai acima de tudo; eu também sinto muita falta do Giovanni", diz em um sussurro. Intimidades que seria mais normal dizer a um adulto, mas a solidão é tamanha, tão difícil lidar com toda a situação.

Se tivesse mais ousadia, Rosa expressaria seu pensamento. Diria que, mais que do pai, Tan sente falta de seu passado. Ter vestígios, sinais de sua infância, da vida na Moldávia, como era antes de irem buscá-lo. Falta-lhe coragem, e Rosa permanece em silêncio.

Os meses passam, muitos meses. Chega outro verão, depois mais um. O verão de 2010.

Estão no buraco, Rosa e Tan: uma noite quente e sem lua, no céu um enxame de estrelas, até mesmo a Via Láctea é visível, um longo rastro branco se expandindo. Assistem a esse espetáculo juntos, deitados juntos, no fundo do poço, amontoados naquele buraco na terra que Tan regularmente cava e aplaina com sua pá (constante e preciso, ele que, de resto, não se dedica a mais nada com o mesmo fervor). Nessa noite teve o cuidado de trazer um pano para colocar no chão, um lençol velho e desbotado retirado de algum armário no Casarão, e os dois estão deitados nele.

"?asoR, nieh, ahlivaram euQ", ele diz, quebrando o silêncio. Estão tão próximos que Rosa sente o sussurro de Tan sobre si, um leve sopro em sua pele. "Que maravilha, hein, Rosa?" Sim, é de fato uma noite especial: é comum observar belas estrelas na Quercetana, mas essa é especial. Pequena ou grande, cada estrela cintila, a constelação da Ursa Maior é tão clara que dá para se pensar que a está observando por meio de um telescópio.

Temendo que falar interrompa o encantamento, Rosa fica em silêncio, enquanto instintivamente faz um gesto com a mão, um gesto tímido, mas repentino e preciso. Estica os dedos, abre a mão, e, ao abri-la, coloca a palma na barriga de Tan, logo acima do umbigo. A mão fechada, como uma concha. O que lhe passou pela cabeça, de onde veio a ideia para esse gesto, Rosa não sabe, nem se pergunta. Isso não importa, não agora.

É raro que se toquem, ela e Tan: tudo entre os dois sempre foram palavras (palavras invertidas por Tan e decifradas por Rosa), correspondência de mentes em ação (falar em código e traduzir, ensinar e aprender jogos de cartas). Contato físico, nunca. Tan fica atônito, talvez envergonhado: prende a respiração, aquele toque da mão de Rosa deve perturbá-lo, embora não pareça incomodá-lo, o calor que a palma da mão transmite deve, na verdade, acalmá-lo, pois Rosa sente sua respiração ficar mais lenta, mais calma. Por alguns minutos, é assim: a cada inspiração de Tan, a mão de Rosa se levanta, a cada expiração ela volta a se juntar à barriga de Tan, com a mão apoiada em concha sobre seu umbigo. É tudo tão estranho e, ainda assim, esse contato transmite paz – por mais que a intimidade inesperada os tenha levado a sentir uma sensação de quietude. Como quando você consegue tocar o essencial e tudo se acalma.

Eles têm a mesma idade, dezesseis anos: Rosa fez aniversário no inverno, dia três de janeiro, Tan na data de junho (cinco de junho) suposta pelas hipóteses de verificação cruzada da família Manera e pelas poucas informações fornecidas pelo orfanato em Tighina. Faz um tempo que Rosa não vai até o buraco, enquanto Tan nunca parou de frequentá-lo. Agora, sob as estrelas, Rosa se sente segura: sua mão permanece na barriga de Tan, e o silêncio entre eles se torna mais denso, cheio de encantamento. Em seguida, Rosa tira a mão e a move para cima, para o esterno de Tan; e ali ela se demora, abre novamente a palma da mão e a deixa repousar. Ele também não reage agora, mas sua respiração mudou, de repente ficou curta, ansiosa. A mão dela está quase acima do coração dele – um contato diferente do anterior, tocando outras cordas. Tan solta um suspiro longo e angustiado; depois, com um puxão abrupto, se separa de Rosa e, com uma estranha cambalhota, vai se agachar mais longe, no lado oposto do tecido.

"Agora chega, me deixa!", grita com ela de lá, "Que porra você está fazendo? Posso saber o que você quer? Eu te convidei para olhar as estrelas, não para outra coisa!"

Vestindo as sandálias, recuperadas às apalpadelas no escuro, Rosa sai de fininho e sobe rapidamente, as unhas raspando a terra das pedras para conseguir se segurar e poder escalar. Uma vez fora do buraco, ela se apressa em voltar para casa, dando uma única olhada para o "seu" carvalho, aquela árvore majestosa e bela, mesmo agora, no escuro, protetora e severa, como um pai que repreende com a força de seu silêncio.

Na cama, o coração é um punho fechado, cerrado pela humilhação, e não se sabe como Rosa consegue dormir. Nos dias que se seguem, ela e Tan não se falam: nem naquele momento nem depois. O fato de se evitarem vem por si só; afinal de contas, Tan fica cada vez menos na Quercetana e cada vez mais em Florença, na casa do pai. A vida na cidade tem várias vantagens: a escola é mais próxima e até mesmo os treinos de futebol em Bagno a Ripoli; sair da Quercetana para chegar ao campo leva o dobro do tempo. A adolescência de Tan é uma fúria, um magma de lava que se derrama sobre tudo, e isso também funciona como um empurrão que o faz preferir a vida com o pai à vida na Quercetana com Enrica. Com Giovanni, Tan se sente livre do incômodo das perguntas constantes, aliviado da falta de ar causada pelo excesso de apreensão materna: e se sente melhor, bem melhor.

Assim, os encontros entre Tan e Rosa se tornam mais raros. Rosa começa a cursar o ensino médio em setembro e agora também vai para Florença. Tanto quanto pode, ela evita Tan. Uma necessidade, uma demanda imperativa. Foi difícil viver o episódio da noite no buraco. Ela se sente ofendida, magoada. Distanciar-se é uma defesa natural.

SEGUNDA PARTE

Quase poderia manter os olhos fechados por conhecer com tamanha perfeição o caminho. Em vez disso, dirige com muito cuidado, engatando rapidamente a primeira marcha no início da subida, onde, à esquerda, escondidas entre as faias e os choupos, podem ser vistas as lixeiras e, à direita, o carvalho, a grande árvore que é a paixão de Rosa, um refúgio muito mais protetor que o buraco que Tan havia cavado ali perto havia muito tempo.

Rosa não visita os pais há muitas semanas, e suas desculpas são sempre as mesmas. "Estou exausta, pai: também não posso ir neste fim de semana, desculpe." "Perdão, eu realmente tive dias difíceis, se eu não ficar quieta um pouco, corro o risco de não me sair bem." "Ficar quieta" é ficar pendurada entre a cama e o sofá, seminua, anárquica, sem horário e sem ritmos obrigatórios para cumprir sucessivos deveres. "Sair-se bem", por outro lado, é trabalhar no hospital de dez a onze horas por dia, com as responsabilidades que a promoção a diretora clínica do departamento de oftalmologia acarreta – uma função recente, para Rosa uma fonte tanto de gratificação real quanto de estresse.

Sempre as mesmas desculpas, mas não as respostas: "Entendemos, nós entendemos", diz Mario a ela; "mas é claro, Rosina, descanse"; "como achar melhor, eu falo para a mamãe". Até que, no enésimo telefonema de desculpas, Rosa percebe na reação do pai uma perplexidade com carga de culpa: "Puxa vida, Rosa. Mamãe sente muito por não te ver há tanto tempo, você sabe disso. Se adiar mais, ela vai começar a se preocupar, e eu vou ficar preocupado com ela".

Por mais que escondam, os pais estão sempre preocupados: com ela e com tudo. Apreensivos com o porvir, tanto o de Rosa quanto o deles próprios. A primeira preocupação é a casa, que não é própria, mas está em usufruto. "Já seria hora de termos um lugar nosso", Rosa ouviu sua mãe dizer repetidas vezes. Depois de muita hesitação, Mario criou coragem e fez uma proposta de compra à sra. Enrica: ele e Paola poderiam muito bem pagar uma hipoteca deduzindo o valor de seu salário. A resposta foi negativa: separar aquela segunda casa, por menor que fosse, da Quercetana desvalorizaria a propriedade, explicou Enrica a Mario depois de consultar Giovanni: franca, direta, definitiva. Enfim, o usufruto, apesar de estar no papel, de a situação ser absolutamente tranquila (o contrato de caseiros foi assinado há muito tempo por Mario e prevê uma pensão para ele e Paola), é sentido pelos Ossoni como algo inseguro, incerto demais. Isso lhes provoca uma ansiedade invencível e endêmica, e esse estado de preocupação constante os fragiliza. Ver o amanhã como incerto, à beira do colapso, não só lhes rouba a serenidade em suas vidas diárias, mas também os impede de aproveitar as coisas boas quando elas chegam. Orgulham-se da extraordinária conquista profissional de Rosa, mas muito menos do que poderiam. E se ser empregados como caseiros da Quercetana foi a sorte de Mario e Paola Ossoni, nenhum dos dois consegue transformar essa gratidão pela vida em confiança nos recursos e nas possibilidades que a própria vida é capaz de oferecer. Permanecem reticentes em relação às extraordinárias conquistas da filha, elogiam-na muito pouco e não se gabam dela (além do primo de Paola, Antonio, eles não sabem para quem mais se gabar).

"Então estou indo, pai: amanhã de manhã", escreveu Rosa no telefone religado ao sair do hospital. Depois de quatro semanas consecutivas de desculpas e procrastinação, uma visita aos pais se tornou imperativa. Assim, tendo retornado à kitnet na Via dei Palchetti na sexta-feira à noite, Rosa primeiro preparou sua bagagem: abriu o guarda-roupa que fica ao lado da cama e rapidamente retirou o que era necessário. Em vez de uma mala com rodinhas, ela prefere uma bolsa comprida de camurça rosa que Enrica lhe deu de presente de aniversário. Duas camisetas com estampa de flores da Yamamay, calças largas cinza-chumbo, um vestido azul-escuro simples, mas elegante, de viscose sem mangas, que Rosa planeja usar para mostrar a Enrica (sempre dela o olhar que mais lhe interessa). Em cima da bolsa, acrescenta um presente para a mãe, um lenço que comprou durante a pausa para o almoço em uma loja em Careggi, não muito longe do hospital. É um lenço verde e azul feito de uma seda áspera e barata: apenas uma lembrancinha, sem personalidade, comprada às pressas e por um mero senso de dever (ou um senso de culpa – seja qual for, faz pouca diferença no resultado). Na casa dos Ossoni, dar presentes uns aos outros é raro, e as manifestações de afeto entre eles são sempre pouco expansivas. Se Rosa sentiu o instinto de comprar aquele presente para sua mãe, foi, como ela sabe, para compensar seu amor filial fugitivo e descuidado. Não por qualquer outro motivo.

Rosa sai cedo; adora o início da manhã de verão, aquele momento puro em que as cores estão vivas, ainda não ficaram opacas pelo calor. Um café duplo a ajudou a acordar, dirige concentrada por um caminho que conhece de cor – cada curva, o semáforo antes do viaduto, a rotatória de onde se pega a estrada para a Quercetana, a única bifurcação um pouco perigosa na estrada quando está escuro. No entanto, agora é dia, uma manhã brilhante de meados de julho. Na saída para a estrada Firenze-Pisa, na pista contrária, Rosa cruza com vários carros indo em direção ao mar. Um deles tem um bote no teto, outro, uma prancha de surfe. Passeios despreocupados, bem diferentes de sua viagem curta feita por obrigação, contra sua vontade, com a cabeça ocupada de pensamentos em excesso. Ao parar no semáforo, ela se olha no espelho interno do seu carro Smart: vê os olhos castanhos, atentos e sérios, o cabelo loiro fino e perfeitamente liso, a franja que ela escolheu usar há algum tempo porque crê que suavize sua expressão. Vê um sorriso pintar em sua boca, que é carnuda, bem desenhada, o orgulho de Rosa, não como o nariz, que despreza por achar largo demais. "Você tem um rosto antigo", Enrica lhe disse uma vez, e Rosa se espelhou nesse adjetivo. Antiga, doce e atenciosa, embora, aos seus próprios olhos, nunca bonita o suficiente.

A vaga dos Ossoni está ocupada pelo antigo Punto de Mario, por isso, por sugestão de Enrica, quando Rosa vai à Quercetana, estaciona seu Smart na clareira de cascalho em frente à entrada do Casarão. O último trecho de subida deve ser feito engatando a primeira, e o carro entra na clareira roncando, já que o motor está na rotação máxima. O portão branco esmaltado, à direita a placa de bronze com LA QUERCETANA gravado em uma caligrafia esvoaçante. Naquela manhã, pode ser que ela esteja se sentindo muito cansada, mas a sensação de conforto que esses detalhes lhe proporcionam, estando lá de novo, é particularmente intensa para Rosa.

O pai vem ao encontro dela no caminho; o sol ainda não está alto, mas ele já está suando, esfregando o tempo todo a testa com um lenço, um gesto que a filha conhece e vê desde criança.

"É a pressão alta que faz você suar desse jeito, pai. Você prometeu que iria fazer outro exame; se preferir, pode ir ao hospital, é só me avisar..."

"Você realmente demorou dessa vez, hein", diz Mario, sem responder a ela e continuando a enxugar a testa. Ele tentou ser leve, talvez até brincalhão, mas, no tom que usa, Rosa ouve o eco de um puxão de orelha que conhece bem, o nó daquele laço que, sem soltá-la, sempre a prende.

"Aqui, trouxe um presente para você", diz à mãe ao entrar em casa, entregando-lhe o pacote embrulhado em papel de seda, depois de tirá-lo apressadamente da bolsa comprida. Paola o desembrulha, deixa o lenço escorregar entre os dedos; ela nota a má qualidade da seda, Rosa percebe, mas não importa, o que conta é o gesto, mãe e filha têm a mesma opinião sobre isso. Enquanto isso, Mario foi chamado pela Senhora (de acordo com o código combinado, com um único toque no telefone), e Rosa e a mãe ficam sozinhas.

"Semanas difíceis, Rosina?"

"Muito, mamãe, sim; minha cabeça está a mil."

Depois dessa pequena troca, o resto continua difícil. Frente a frente, mãe e filha não sabem bem o que dizer uma para a outra, enredadas nas coisas não ditas de um conflito que nunca vivenciaram e nunca colocaram para fora. É melhor quando Mario, marido e pai, está por lá para mediar, ele, com seus sorrisos bem-humorados e cheios de paciência. Um pai suave e uma mãe rígida, é o que Rosa tem e o que teve. Juntos, suavidade e rigidez formam uma única fachada, uma parede com a qual ela não se chocou, ou pelo menos não quando isso teria sido útil.

"Mas você parece preocupada: aconteceu alguma coisa?"

"Muito trabalho, eu disse, mamãe: tanto que parece que vou explodir."

"Pode ser, mas pela sua cara, parece outra coisa. Você não deveria levar tudo tão a sério assim quando está no hospital, Rosa", diz Paola enquanto balança a cabeça (um tique, ela faz isso com cada vez mais frequência) e seus cabelos ondulados roçam seu rosto. "O cargo, a promoção que você conseguiu, mesmo sendo jovem. São conquistas, e a emotividade deve ser deixada de lado. Trabalho é trabalho, seu avô Sergio costumava dizer isso. Trabalho, labuta, nada mais." Sentada na cozinha, Rosa ouve a mãe com irritação, sem paciência; depois de tantas semanas sem ser vista na Quercetana, esperava uma recepção diferente. Não conselhos ou julgamentos, mas sim gestos, atenção: acolhimento.

"... como seu avô Sergio costumava dizer sempre, se você leva as coisas a ferro e fogo, acaba que elas batem em você com força", conclui Paola, como se estivesse repetindo um antigo cântico, rindo (mas são palavras que Rosa ouve pela primeira vez).

"Vamos mudar de assunto, pode ser?", propõe, em um tom que não disfarça a irritação. Levanta-se de imediato e abre bruscamente a porta-janela que dá para o jardim: é melhor sair, dar uma volta. O espetáculo das árvores e plantas destruídas pelo calor é impressionante: a árvore-do-céu está murcha, o lariço americano está sofrendo visivelmente com o calor excessivo, assim como as anêmonas, o manjericão, as rosas: tudo está desvitalizado, exangue. Os únicos que resistem, com tenacidade e em plena floração, são os oleandros na borda do gramado, uma longa fileira que separa a parte do jardim pertencente à casa dos Ossoni da parte – muito mais extensa –

pertencente ao Casarão. Rosa chega àquelas sebes altas, salpicadas de flores fúcsia e brancas. Sente-se inquieta, com calor e falta de ar. Quando chega à "sua" árvore, agacha-se sob ela. Imóvel e sempre magnífico, o carvalho: os grandes galhos se inclinam para o chão, onde os feixes de luz que filtram pelas folhas projetam manchas amplas e claras. Está fresco e, vista daquela cunha protegida (um verdadeiro "círculo mágico", para Rosa), a Quercetana mais uma vez se torna a vasta e amigável paisagem que ela conhece e ama, em todos os cantos. Essa clareira circular sempre a enche de serenidade: um lugar só dela, seu, desde tempos imemoriais. Agachada, ela move pilhas de terra, aglomera torrões secos de terra com os dedos e depois os esmaga, fazendo-os explodir em jatos de poeira. Morde o lábio e o segura entre os dentes, e, enquanto isso, se repreende: depois de sua adolescência sem conflitos, ficar impaciente e atacar a mãe agora, como adulta, é algo fora de lugar, fora do tempo – um movimento anacrônico e inconsciente.

Não importa o quanto Paola fale sobre isso, a emotividade de Rosa é um ponto de força em seu trabalho. Entre as qualidades que lhe renderam a promoção, diretora clínica da repartição, além de seu excelente treinamento clínico e de suas habilidades como cirurgiã-chefe, há certamente o valor agregado de sua sensibilidade humana especial. Ela não dirá isso à mãe, não serviria de nada, mas agora, enquanto debaixo do carvalho, Rosa pensa e diz essas coisas para si mesma, sente uma onda de orgulho, fica satisfeita consigo mesma.

No Casarão, Mario pode precisar dela: Rosa se sacode e deixa a árvore, de novo contorna os oleandros e sobe rapidamente. Simula consigo mesma, porque o motivo dessa pressa não é dar uma força ao pai, mas sim ver Enrica, a Senhora.

Convocado com urgência, na semana anterior Massimo Prieto compareceu sozinho à consulta no hospital. Nas outras consultas, sempre tinha ido acompanhado da filha, uma garota bonita de cabelos ruivos e olhos azuis fugazes e profundos, com o ar de uma adolescente que havia crescido rápido demais. A presença da jovem tinha sido um alívio para Rosa, pois evitava um confronto cara a cara com o paciente, o que era sempre exigente para ela. Agora, se arrepende de não a ter visto com o pai: terá de conversar com Prieto sozinha naquele mesmo dia, o que é o mais difícil. Ele parece ter interceptado sua preocupação: "Imaginei que a senhora tivesse que me anunciar algo importante, doutora", diz, antecipando-se a ela, enquanto move-se lentamente, com cautela, e se senta. "Adele não está aqui porque eu disse a ela para não vir. A verdade, é melhor ouvi-la sozinho, sem testemunhas. Você entende isso, não entende, doutora?"

Conversam um diante do outro, olhos nos olhos – os de Prieto, como sempre, avermelhados e agora, Rosa, que está a par dos últimos exames, tem a impressão de que a córnea está ainda mais opaca do que na última consulta.

Após os seis anos de universidade, os quatro anos de residência no hospital e um longo período de prática, sempre no hospital de Careggi, há alguns meses Rosa foi promovida a diretora clínica. Dra. Rosa Ossoni, a mais jovem não apenas na história do hospital, mas também entre os cirurgiões oftalmológicos da Itália Central. Em virtude de sua prestigiosa promoção, recebeu a sala mais bonita do andar, a que fica em frente à entrada da enfermaria. Rosa decorou-a em dois dias, esforçando-se para ocultar os traços de desolação do hospital e tentando dar ao espaço a aparência se não de um consultório particular, pelo menos de uma área de recepção aconchegante. Em frente à janela, colocou um ficus benjamina, no corredor usado como sala de espera, duas poltronas pretas de couro sintético compradas pela internet e uma mesa baixa sobre a qual colocou revistas de papel couché, um bonsai de carmona e um recipiente de vidro cheio de balas. Em vez de uma foto do marido que ela não tem, ou dos filhos que ela também não tem, para manter emoldurada em sua mesa, Rosa escolheu uma foto tirada na ilha de Giglio com o celular subaquático de Alessandro, durante um mergulho na última viagem que fizeram juntos. É a fotografia de um cardume de peixes em um fundo de água cristalina: peixes pequenos e grandes, com suas guelras listradas de amarelo, verde, preto e laranja. Uma imagem que Rosa adora e que, para ter a foto e poder imprimi-la, acabou pedindo a Alessandro mesmo que já houvessem terminado e não mantivessem mais contato. Como um lembrete diário: aprenda com os peixes, com sua vida subaquática calma e atenta. Adotar a mesma fleuma, permanecer sempre alerta: qualidades muito úteis para que Rosa exerça sua profissão, com o máximo cuidado, consciente e ao mesmo tempo atenta, ouvindo o máximo possível, um pouco como os médicos do passado (até nisso Rosa é "antiga").

 Esse paciente, Massimo Prieto, vem sendo tratado por Rosa desde o primeiro diagnóstico de glaucoma de ângulo fechado. Acontecera em uma segunda-feira, dia em que Rosa estava de plantão no pronto-socorro: o longo dia estava prestes a terminar, ela estava se preparando para deixar o hospital, quando Arianna, a enfermeira-chefe, acomodou no consultório com urgência aquele homem, sombrio e aterrorizado. Em vez de se sentar, ele se largou na cadeira e, sem esperar pelas perguntas de Rosa, contou-lhe o que havia acontecido. Tudo aconteceu enquanto ele dirigia: "Um minuto inteiro, ou até mais, não sei lhe dizer, doutora. O que sei é que senti uma dor muito forte, insuportável, nos olhos – especialmente no esquerdo, mas nos dois, de qualquer forma. Por sorte, eu estava voltando, estava quase em casa. Tive tempo de encostar o carro, senão nem estaria mais aqui...".

Sob a luz da lâmpada de fenda, a esclera apresentava veias com capilares dilatados, a pupila muito dilatada e a córnea opaca. O olho estava machucado, como se tivesse sofrido um golpe forte ou sido ferido. Sinais inconfundíveis, e todos graves.

"A dor intensa, me diga, foi repentina ou gradual?", Rosa perguntou ao sair de trás da lâmpada de fenda e voltar a se sentar em sua mesa, de frente para o homem.

"Repentina, doutora; uma dor lancinante, nunca senti isso. Quando parei e encontrei forças para sair do carro, na calçada, vomitei imediatamente. Pouco, mas vomitei – e estava tremendo, continuei tremendo mesmo quando minha filha, Adele, chegou para me levar para casa."

Apesar de o tratamento ter começado imediatamente após esse primeiro episódio, a deficiência visual de Prieto não melhorou, pelo contrário, só piorou, movendo-se de acordo com uma curva negativa galopante, segundo os dados que Rosa tem para lhe comunicar naquele dia.

Ela o considera um homem bonito, Prieto: alto, desajeitado, um bigode cuidadosamente aparado, grisalho como os cabelos, mãos também bem cuidadas, unhas cortadas de forma perfeita. Algo em sua expressão é ao mesmo tempo resignado e alarmado, nas profundezas de sua íris o brilho de uma dúvida, uma pergunta formulada com a amargura de quem já sabe a resposta, e o desconforto que um campo de visão limitado lhe traz – a cada consulta mais limitado, Rosa é forçada a notar.

"A senhora precisa me ajudar, dra. Ossoni; eu só confio em você", disse Prieto já na segunda consulta, sem se preocupar com o tom íntimo, confidencial. Desde então, sua confiança nela como médica nunca diminuiu, Rosa confirma isso em todas as consultas. Prieto acredita nela incondicionalmente; quanto ao motivo pelo qual Rosa, entre tantos pacientes, gosta tanto desse homem, ela não sabe dizer ao certo. É claro que o assunto lhe é caro: seu glaucoma agudo de ângulo fechado é muito sério e ela está mais preocupada do que deveria.

Longos silêncios a cada encontro. Prieto costumava trabalhar como motorista particular de um importante político cujo nome não queria revelar ("Não posso dizer, não seria justo"). Acompanhava essa figura pública em viagens pela Itália, principalmente a Roma e a Milão, mas também a outros lugares onde era esperado em conferências, comícios, reuniões, compromissos confidenciais e secretos. Teve de deixar o trabalho agora, porque já não está mais em condições de dirigir, pois sua visão pode falhar a qualquer momento. Rosa explicou claramente e Prieto está ciente disso. Mas ele é muito nostálgico em relação ao trabalho, relata episódios e anedotas. Certa vez, após dirigir de Milão a Nápoles à noite, teve que acompanhar o "seu" político a uma festa em Positano; como se não bastasse tanta rodovia, ainda teve que enfrentar as curvas da Costa Amalfitana, seus olhos se arregalavam no escuro: no dia seguinte estava exausto, dormiu doze horas seguidas devido ao estresse.

Em outra ocasião, estava esperando no carro estacionado perto de Montecitorio,* em Roma, quando Laura Chiatti, a atriz, passou por ele. Pediu-lhe informações sobre uma rua e depois parou para conversar, as pernas do homem tremiam de emoção quando ele saiu do carro. Adorava aquele trabalho, sim, e ficar ocioso, sempre em casa, o deixa profundamente deprimido.

"Diga, doutora, estou ouvindo." Lá está ele, sentado em frente a Rosa: mãos apoiadas na mesa, compostas e bem-preparadas, elas também à espera.

Um homem que sofre de uma doença oftalmológica cuja gravidade ele intuiu, mas sem saber realmente do que se tratava.

"Vou tentar explicar: em vez de regredir, seu glaucoma mostra-se mais agudo, sr. Prieto", diz Rosa, olhando alternadamente para ele e para a fotografia dos peixes. "Do jeito que as coisas estão, a redução da campimetria tem noventa e três por cento de origem glaucomatosa: é esse o fato pouco animador que tenho para lhe contar hoje."

Ele a encara novamente, perplexo como alguém que não entende o significado do que está ouvindo.

"No processo delineado há um ano, quando você veio ao meu encontro no hospital após o primeiro episódio de dor ocular grave, concentrei meus cuidados na diminuição progressiva da pressão interna, um percurso que, no entanto, não surtiu o efeito desejado. Em termos gerais, é isso que ocorre, e por várias razões, não posso esperar um curso diferente."

Muitas vezes, Rosa se vê tendo que comunicar diagnósticos difíceis: dizer e ouvir. Agora, diante daquele homem desamparado, desorientado e solitário, o esforço multiplicou-se.

---

* Palazzo di Montecitorio é um edifício localizado em Roma, que atualmente acolhe a sede da Câmara dos Deputados da Itália. [N. T.]

"Não estou entendendo, doutora, me ajude aqui: de que tipo de razões estamos falando, exatamente?"

"Seria difícil explicá-las em detalhes; digamos que até mesmo a iridotomia a laser tentada há três semanas não conseguiu desacelerar o progresso do aumento da pressão no olho. Fomos rápidos, acredite; e, no entanto, no momento atual, seu glaucoma não mostra sinais de diminuição, pelo contrário, o ângulo da câmara do olho lesionado continua estreito, tanto que levo em conta a hipótese de um elemento congênito, uma forma de predisposição que eu não havia considerado até agora."

Ecos de vozes da enfermaria; acima de tudo, a de Arianna, que pede que alguém espere do lado de fora (as entradas na enfermaria são escalonadas de maneira rigorosa). Rosa a imagina, imperiosamente gerenciando tudo e todos – quando necessário, ela pode ser realmente dura, sua enfermeira-chefe.

Prieto tamborila os dedos sobre a mesa, olhando continuamente na direção da porta como se estivesse pensando em ir embora; para Rosa, parece que ele está prestes a começar a chorar.

"Você está me dizendo que eu não vou ver mais nada, nada mesmo, é isso?", ele pergunta. Um longo silêncio. Desespero, por trás de tanta compostura e dignidade.

"Estou dizendo que você terá que se colocar nessa perspectiva" (ela estava prestes a dizer "nessa ótica", mas parou bem na hora), "para enfrentar uma vida diferente. Menos autônoma, menos... com menos visão, é claro".

Lá fora, outros ecos, outras vozes; na sala, mais silêncio novamente.

"Se eu fosse o senhor, telefonaria para sua filha agora, sr. Prieto; seria melhor se ela pudesse buscá-lo e levá-lo para casa, não acha? Não é o dia certo para voltar para casa sem companhia."

A imagem do homem saindo do hospital sozinho, com um diagnóstico definitivo que se abateu sobre ele como um veredicto, é insuportavelmente dolorosa para Rosa. Ela se apegou "demais" a Prieto, e é a primeira a se repreender.

"Ligar para minha filha? Como posso dar a Adele esse tipo de notícia? Ela parece mais madura do que sua idade, minha menina, mas tem apenas dezenove anos e é órfã de mãe há seis. Já tem responsabilidades demais..." Ele fala inclinado para a frente na cadeira, com as pernas abertas e apoiando os cotovelos nos joelhos, com a cabeça apoiada nas mãos e o olhar fixo no chão. Perdido, não esconde isso, não de Rosa, a médica em quem mais confia – "cegamente", ele poderia dizer a ela, com uma ironia sombria de que a poupa.

"Se preferir, eu ligo para sua filha", sugere Rosa, de novo, prendendo atrás da orelha uma mecha do cabelo, que ela usa solto nesse dia, diferente do habitual.

"Você tem o número?"

"Sim, sim; pode esperar por mim por aqui enquanto faço a ligação, pedirei à enfermeira-chefe que lhe traga um pouco de água, até mesmo café, se quiser." Ela se levanta e dá a volta na mesa para se deter atrás dele e colocar a mão em seu ombro. Prieto fica em silêncio.

"Há uma nova estrada pela frente, permita-me dizer. Difícil, muito mais difícil do que a que foi percorrida até agora, seria absurdo esconder isso de você. Pense, porém, que não está sozinho, que eu vou percorrer essa estrada, nós vamos percorrê-la com o senhor." O uso do plural em tais momentos é natural para Rosa. Quando se trata de anunciar aos pacientes que o horizonte deles está prestes a ficar cada vez mais escuro, até desaparecer, então, como se fosse um reflexo condicionado, "você" assume a forma de "nós".

Em muitos anos de estudos intensos, Rosa só se permitiu a diversão de algumas viagens: Roma, Amsterdã, Provença. Aventuras vividas na companhia de Bertina, sua prima de Senigallia, que, ao contrário de Rosa, não é centrada e estudiosa, nem parece mais madura do que sua idade; pelo contrário, é uma garota um tanto inquieta e avoada e já preocupou seus pais em várias circunstâncias. Elas viajaram juntas para Amsterdã quando Rosa tinha vinte e dois anos e Bertina vinte e cinco. Acabaram fumando maconha em um café perto da Dam Square: depois de fumar, Rosa riu, riu, chorou de tanto rir e quase fez xixi na calça. Na pequena sala nos fundos do café, elas dançaram, era uma sala pequena, mal iluminada, mas agradável. Algumas pessoas sentadas em bancos encostados na parede as observavam, mas as duas já estavam chapadas demais para perceber. Rosa estava dançando pela primeira vez na vida. Em um grande espelho na parede, se observou dançando, atordoada como estava, acompanhou o movimento lento de seu próprio corpo, sensual, muito atraente. Sim, ela havia se achado bonita daquela vez. Ao amanhecer, estava sem forças, ela e Bertina chegaram ao albergue de madrugada, entorpecidas de álcool, maconha e sono.

 Depois que a viagem terminou e ela voltou para a Quercetana, Rosa arquivou a experiência em sua mente, esquecendo-a deliberada e determinadamente. Durante muito tempo (anos), não teve mais vontade de procurar Bertina. O fato de ter se percebido (e se visto no espelho) tão descontrolada, vítima de tamanha perda de controle, a deixou inquieta. Sentia como se estivesse desconectada de si mesma. Não podia se dar ao luxo de tais coisas, nem as desejava: eram fugas que não a levariam a lugar algum. Retomou seus estudos e depois sua prática no hospital (ao mesmo tempo em que se mudou para Florença, havia começado a residência). Ainda mais diligente que antes, disciplinada: tão marcial quanto a marionete de um soldadinho.

Outra viagem, dessa vez sozinha, para Nápoles, para um congresso internacional. O congresso era dedicado ao tema "Oftalmologia e Inteligência Artificial", um tópico que já fascinava Rosa. A viagem e a acomodação foram pagas pela residência, ela não precisou pedir ajuda aos pais, então até a viagem foi emocionante. A primavera tinha acabado de começar, os dias de março eram frescos e ventosos. Nos intervalos para o almoço, ela passeava perto do hotel onde a conferência estava sendo realizada, pelas ruas ao redor do Castel dell'Ovo. Céu limpo e muito azul, a cidade bela de uma forma sublime, os edifícios subindo até as encostas do Vesúvio, as ilhas no horizonte, o mar ondulado pelo vento em muitas pequenas cristas brancas de ondas. Tanta vida: Rosa sentiu isso com força e, como naquela época em Amsterdã, por um momento se permitiu ouvir um outro eu. Uma Rosa não tão estruturada, mas ao contrário, impetuosa, pronta para se empolgar, para sentir antes de pensar. Aquele momento a acalmou e, depois disso, ela ficou mais serena.

Serena e minuciosa, Rosa é assim aos olhos de todos: dos pacientes e dos colegas do hospital. Sabe que passa essa impressão, assim como sabe que tem uma aparência agradável, tranquilizadora. É bonita porque suas feições o são, formam um rosto que transmite harmonia. Parece com sua mãe, mas sem o semblante de desilusão que Paola Ossoni carrega no rosto. O olhar de Rosa, ao contrário, é luminoso, irradia confiança e a inspira. Seu cabelo loiro, liso e fino, é longo desde que era pequena. Com frescor, um jeito honesto de ser, ela é aderida a si mesma e à realidade: por essas virtudes, Rosa sabe que merece consideração e respeito. Sabe que é muito feminina, mas nunca provocante, como se o fato de não querer seduzir se comunicasse com sua beleza, tornando-a neutra, como se estivesse de cara lavada.

Veste o jaleco o dia todo no hospital, mas sob o jaleco, poderia usar roupas mais sofisticadas, vestir-se com mais cuidado. A enfermeira-chefe, Arianna, vai às compras regularmente, em alguns fins de semana viaja até mesmo para Milão para ir às compras, ou compra pela internet, em sites de roupas onde é muito boa em encontrar as mais variadas peças que usa com verdadeiro talento. Quando chega ao hospital pela manhã, usa roupas que Rosa tem tempo de admirar antes que também desapareçam sob o jaleco: chamativas, escolhidas de acordo com o critério orientador da "energia cromática" (nas palavras da própria Arianna). Blusas, vestidos, calças boca de sino em laranja brilhante, verde ácido, amarelo ocre; um casaco de pele falsa lilás, uma capa de chuva em preto plástico brilhante. Durante o dia substitui os sapatos brancos com furinhos, obrigatórios no hospital, por calçados que não ficam atrás do figurino: botinha no tornozelo em couro de cobra píton, sapatilhas cobertas com bordados de lantejoulas, o último modelo do Nike Air Zoom em um fúcsia brilhante que é impossível ignorar. Arianna é assim: impossível deixar de reparar nela.

O estilo de Rosa, por outro lado, é sempre sóbrio, escolhido puramente pela praticidade. Tendo crescido na casa dos Ossoni – um microcosmo regido por comedimento, parcimônia, sem luxo – e tendo admirado Enrica Manera durante anos por estar sempre "nos trinques", ou seja, bem arrumada, bem cuidada, agradável ao olhar, mas com uma elegância pragmática e nunca frívola, Rosa adotou a ideia de que a vaidade é uma perda de tempo e que querer não dar à vista é uma virtude, uma qualidade de caráter. Mesmo assim, admira muito Arianna, a ousadia de sua elegância excêntrica. E mesmo assim, sem se preocupar em agradar aos outros, ou talvez por isso mesmo, Rosa parece a todos muito bonita.

Você não vai enxergar, vai enxergar cada vez menos, até não enxergar mais. Encontrar o tom certo para comunicar a perspectiva desse diagnóstico é um esforço que sempre absorve Rosa e a consome, deixando-a em um estado do qual, no final do dia, no hospital, é difícil emergir. Em seu horário de almoço, faz pequenas caminhadas pelo hospital. O prédio é uma grande estrutura dividida em vários blocos, pavilhões baixos feitos de vidro e concreto reforçado, geometrias ásperas e bastante assépticas construídas de acordo com o parâmetro da pseudofuncionalidade. Aos olhos de Rosa, que cresceu no verde da Quercetana, aqueles caixotes espalhados em meio a manchas de grama nua desenham uma paisagem surreal. Ela sempre vaga por lá nos momentos de intervalo do trabalho. Sempre prefere ficar em Careggi, pois o centro de Florença fica longe. Assim, perambula por aquelas entranhas que separam os diferentes pavilhões e, enquanto isso, tenta esvaziar a mente: distanciar-se de tudo no trabalho que a agitou e continua a lhe abalar. Consultas, conversas, diagnósticos, dados clínicos a serem analisados, comparados, reunidos. Por mais que eles a desestabilizem, ela já entendeu certas dinâmicas: a maneira repentina com que os pacientes mudam de atitude depois de ela lhes informar sobre uma piora iminente da visão, quando não haviam levado em consideração a possibilidade concreta de cegueira. Se os pacientes tinham sido abertos, confiantes e expansivos nos encontros até aquele momento ("como posso lhe agradecer, doutora, não consigo dizer o quanto sou grato", "a senhora é um grande apoio para mim, falo de você para todo mundo: é uma garantia ser tratado no hospital Careggi pela dra. Ossoni, se a senhora pudesse me ouvir, eu digo isso sempre"), depois do diagnóstico pouco auspicioso, que os força a aceitar cenários muito mais dramáticos do que antes, eles mudam. De repente, abandonam todas as formas de gratidão ou contenção, ficam ressentidos, ofendidos e se afastam de Rosa. Metamorfoses devidas ao pânico e ao rebaixamento total, reações humanas que ela entende, mas com as quais, como médica, é difícil lidar. De forma abstrata, Rosa entende esse tipo de desespero, o enrijecimento e o distanciamento dela. Mas toda vez essas mudanças de atitude acabam sendo um cataclismo.

    Ao terminar o dia de trabalho, fechar o consultório e sair do hospital, por mais cansada que Rosa se sinta, não volta para casa imediatamente. Vagueia por um tempo. Precisa tomar ar, esticar as pernas, aliviar a tensão. Entra em seu Smart (que comprou financiado, com um desconto do seu salário pelos próximos cinco anos) e sai da cidade. Chega ao Piazzale Michelangelo ou ao terraço da Villa Bardini, em outras ocasiões dirige em direção a San Miniato, Fiesole, ao Parque San Salvi. Estaciona, desce do carro e, desses diferentes pontos, olha a paisagem. Contempla Florença, que se tornou sua cidade, o espetáculo ininterrupto de cúpulas e palácios, telhados, torres de sino, fachadas, aquela extensão de obras-primas e, no meio, o Arno, o céu refletido na superfície da água. Ela se mudou para Florença anos antes, no início da residência.

Nunca se sentiu tomada pelo encanto da cidade artística; sua vida profissional acontece longe das rotas turísticas, e Rosa logo encontrou sua própria dimensão, um ritmo regular de vida cotidiana. Florença é seu novo lar, uma raiz adquirida, uma paisagem amigável, familiar, embora pouco conhecida – não como turista, mas sempre como estrangeira.

Poderia ter continuado a se deslocar, pegando o ônibus todos os dias do vilarejo às 7h09 da manhã e voltando para a Quercetana à tarde com o ônibus que sai de Campo di Marte às 17h42. Mario, seu pai, não teria nenhum problema em acompanhá-la e depois buscá-la no ponto de ônibus e levá-la de volta para a Quercetana. Exceto pelo fato de que a residência em Careggi exigia presença contínua, cinco dias por semana, até o final da tarde. Muitas vezes Rosa perdia o ônibus das 17h42, chegando a Quercetana quando já era hora do jantar. Ficava cansada. "Fico exausta indo e voltando assim, e o cansaço não me deixa estudar direito, vocês estão vendo", ela logo começou a discutir e a insistir com os pais para convencê-los. Também queria ficar em Florença, como muitos de seus colegas estudantes de fora da cidade. Naquele período, seu avô Sergio havia morrido (para ajudar o pai, Paola havia se mudado para a Umbria por dois meses, deixando o emprego na Quercetana por algumas semanas, e Rosa e Mario sozinhos). Pouco depois do funeral, o apartamento no centro de Terni onde ele morava foi colocado à venda e logo foi comprado pelos vizinhos. Para a família Ossoni, era uma renda inesperada, um ganho que os tranquilizava e os deixava de súbito dispostos a acomodar o desejo da filha de se mudar. Por meio de um amigo da sra. Enrica, nos mesmos dias Mario e Paola tinham ouvido falar de um apartamento de um quarto para alugar, perto de Santa Maria Novella, na Via dei Palchetti: mobiliado, aluguel acessível.

Alugaram-no, para grande alegria de Rosa, que, ajudada por Mario, já havia se mudado na semana seguinte, levando seus poucos pertences, inclusive o coelho de pelúcia Ino.

"Não se preocupe, mamãe", disse antes de entrar no carro a Paola, que pela primeira vez, sem se conter, chorou, "você sabe que vou voltar com muita frequência, todo fim de semana, e se não todo fim de semana, quase. Além disso, vou estar a menos de trinta quilômetros daqui…"

"Com muita frequência" não era verdade, era uma mentira. Pensada a partir de Florença, a Quercetana parecia cansativa para Rosa, e, depois da mudança, ela raramente voltava para lá. Um lugar vazio demais, habitado por ausências complicadas, leves e pesadas como fantasmas. Primeiro foi embora o Advogado, depois Tan; apenas Enrica permaneceu no Casarão, ficando cada vez mais ocupada com compromissos que a levavam a Florença. Os únicos residentes eram a família Ossoni, o pai e a mãe de Rosa: Paola, que ficava no Casarão todas as manhãs, arrumando os cômodos desabitados, e Mario, também diligente em cuidar dos vinte hectares de jardim que não eram mais amados nem apreciados por ninguém. O buraco cavado por Tan havia se enchido de hera, urtiga e flor de aleluia, e, quando se decidia a voltar para a Quercetana e passava por lá, Rosa desviava o olhar. Corria para se refugiar sob o "seu" carvalho, aquela árvore imóvel e austera, generosa com a sombra. Nascera antigo e livre: livre dos grilhões do tempo.

O panorama, visto do Piazzale Michelangelo, é um contraste de luzes: a noite se aproxima, nuvens brancas e sedosas inchadas de chuva escurecem o céu de inverno, iluminado aqui e acolá por lampejos de uma claridade opaca, típica do mês de novembro. Rosa tira as mãos do parapeito e recua, continuando a olhar – como se estivesse praticando a terapia que sugere a seus pacientes, recalibrando o ponto de vista no horizonte, deslocando-o, olhando para perto, depois para longe, depois para perto novamente. Criar distância para processar o desapego: para ela, distanciar-se das histórias dos pacientes, das conversas que teve com eles durante o dia no hospital.

Movendo-se continuamente, até mesmo para não sentir frio, ela continua observando do alto do Piazzale Michelangelo, a noite avançando, a escuridão se dilatando, tomando conta, os telhados e as cúpulas logo deixando de ser visíveis. Tan vem à sua mente: não é sempre que Rosa pensa nele, que se deixa capturar pela lembrança dele, mas quem sabe por que faz isso agora. Certas caretas que ele fazia enquanto jogavam baralho. Quer ele estivesse com raiva ou feliz, Rosa havia aprendido a ler os olhos de seu amigo; o azul intenso de seu olhar havia deixado de ser um mistério que a paralisava por timidez, agora bastava olhá-lo por poucos instantes e logo compreendia.

A seus pés, a magnífica cidade, mesmo agora que a noite caíra completamente, apenas dois feixes de luz brilhavam, um apontando para a Catedral, o outro para a Piazza della Signoria. Os pensamentos de Rosa atraídos pelo passado. Tan, onde você está, Tan. Tan cansado, Tan irresistível. Tan. Nunca penso em você, embora sempre pense em você.

No carro, voltando para o centro da cidade, ouve uma música que adora (*Hallelujah* na versão de Elisa). Durante essa curta viagem no final do dia, é tomada por uma grande melancolia repentina, semelhante à desorientação. Como se sentisse que não pertence a nada: nem ao passado com Tan, que lhe apareceu na memória pouco antes, nem ao presente de sua vida em Florença, vazia de pessoas e eventos depois que o tempo de trabalho diário no hospital termina e agora que ela não está mais com Alessandro. A única coisa à qual Rosa sente que pertence, o que a ancora, é o trabalho. Porque Rosa é seu trabalho. Foi isso que aconteceu, foi isso que ela se esforçou tanto para que acontecesse: a personalidade e a profissão passaram a se combinar, a se justapor, quase. Se alguém lhe perguntasse por que escolhera estudar medicina e não outra coisa, e ainda por que escolhera se especializar em cirurgia oftalmológica, e depois, mesmo antes de sua promoção, por que havia optado pela residência no departamento de oftalmologia, ela responderia que era porque para ela, acima de tudo na vida, olhar é a coisa mais importante na vida. Lidar com doenças oculares, diminuição da visão, visão deficiente, visão parcial, visão que começa a conhecer e a lidar com a escuridão, ela, Rosa, decidiu isso guiada por uma determinação clara. Olhar e, na medida do possível, ajudar a olhar.

Alessandro lhe disse muitas vezes: "Você nasceu para este trabalho, Rosa". E foi bom para Rosa ouvir isso, essa apreciação valeu mais do que qualquer gesto cuidadoso dele. Se ficou com Alessandro por anos, em retrospecto, Rosa não acha que foi por felicidade. Não, não foi por felicidade que ela continuou a ser sua namorada, mas sim pelo apoio que Alessandro lhe dava, pela maneira como ele sempre a apoiou e a incentivou. Eles se viam todas as sextas-feiras à noite, e a regularidade desses encontros também era um apoio: ele a continha, a protegia. Esteve ao lado dela na última fase da residência, bem como durante todo o tempo de seu início na profissão médica. Nunca, ou quase nunca, ele colocou a si mesmo, suas próprias ambições, no centro; em vez disso, sempre valorizou Rosa, seu caminho como futura médica, no qual ele acreditava tanto, como costumava dizer.

Tinham se conhecido alguns anos depois que Rosa se mudou para Florença. Alessandro também vinha de outra cidade, estava matriculado na Faculdade de Engenharia. Era menos estudioso que ela, mas também era disciplinado. Eles se encontraram pela primeira vez na cantina da universidade, apresentados por um conhecido em comum. "Que amiga bonita você tem", ele começou, e Rosa, corada de vergonha, soltou uma risadinha satisfeita: foi assim que começou.

Para ela, ele havia sido o primeiro pretendente. Não era muito alto, era magro, com um rosto pequeno, lábios estreitos, um tufo de cabelo penteado para trás, olhos castanhos não muito expressivos. Atencioso, carinhoso: na primeira vez em que fizeram amor, por medo de machucá-la, ele se movimentou dentro dela muito lentamente. Todas as noites, no mesmo horário, lhe telefonava. "Oi, Rosa, talvez eu esteja incomodando, você tem tempo para conversar um pouco?" É claro que ela tinha tempo. Conversas durante as quais contavam um ao outro sobre seus respectivos dias em suas vidas de quem vinha de outra cidade. Um "fora" que era incomensurável em termos de distância: Alessandro era de Macerata, muito além dos trinta e dois quilômetros que separavam Florença da Quercetana, para Rosa. Diferenças que pesavam, mas que também deslocavam os planos.

Pensa nisso com gratidão, não sente nenhuma animosidade nem ressentimento em relação a Alessandro. Ele foi capaz de protegê-la, oferecer-lhe a regularidade dos hábitos, e, depois, deixou-lhe o presente do fôlego amplo do mergulho com snorkel, uma atividade maravilhosa que, sem ele, Rosa provavelmente jamais teria conhecido.

Só dormiam juntos às sextas-feiras, no apartamento de um cômodo de Rosa na Via dei Palchetti, concordando que ver um ao outro durante a semana os tiraria dos estudos. Antes de irem para casa, às vezes, comiam pizza com alguns dos amigos universitários de Alessandro. Rosa não os achava simpáticos, mas também não ficava muito entediada. Ficava quieta, ouvia: se questionada, dava a entender seus planos profissionais, sem dizer muito, mas percebendo que tinha ideias claras em comparação com os outros. Quando não estavam jantando fora, ela e Alessandro ficavam em casa; às vezes, Veronica, uma antiga amiga de escola de Rosa, que também havia se mudado para Florença, onde tinha conseguido um emprego como vendedora na Apple Store, se juntava a eles. Alessandro as ouvia conversar, agora era ele quem pouco falava, depois, quando Veronica saía, ajudava Rosa a lavar a louça. Antes de se juntar a ela na cama, se trancava no banheiro por um longo tempo, maniacamente atento à sua higiene pessoal. Rosa já o aguardava debaixo das cobertas, calma, sem nenhuma impaciência, e aquela calma lhe parecia um mau presságio.

Nas viagens de mergulho juntos, Alessandro mudava. Imediatamente antes de mergulhar, tornava-se um homem diferente: exigente, imperativo em querer que Rosa fosse esportiva, aventureira, indiferente à água gelada (no inverno), hábil em deslizar entre as rochas tão silenciosamente para que os peixes não percebessem sua presença. Depois, de volta a Florença, o mesmo Alessandro atencioso retornava, gentil demais, metódico em seus gestos e iniciativas (até mesmo nas iniciativas para seduzir Rosa na cama). Transformações estranhas, mas Rosa não lhes dava atenção.

Apaixonada pelo mergulho com snorkel, mais do que por ele; agora, depois de um tempo, Rosa percebia isso. Foi uma paixão imediata pelo mergulho com snorkel, ela logo amou cada detalhe, cada momento. Um esporte que corresponde a ela.

Eles fugiam para o mar, com o Smart de Rosa quando já o tinha, antes disso iam com carros alugados: por dois, no máximo três dias, deixavam seus livros para trás e iam para a ilha de Elba, para Talamone, para Uccellina. Praias lindas e extensas ou enseadas rochosas, carregando as malas com roupas de mergulho, máscaras e nadadeiras. Mergulhar e, debaixo d'água, descer às profundezas do silêncio, explorar a beleza do fundo do mar, o espetáculo de cardumes e cardumes de peixes que passavam. Seguir esses peixes da maneira mais silenciosa e respeitosa possível.

Um aprendizado de felicidade.

Rosa nunca convidou Alessandro para a Quercetana, nem mesmo uma vez: nunca teve o ímpeto de apresentá-lo aos seus pais, nem a Enrica, nunca teve o desejo de mostrar a ele aquele lugar fundamental em sua vida, nem de apresentá-lo ao "seu" povo. Ele certamente percebeu essa recusa e a lamentou, mas nunca o demonstrou a Rosa, que, nesse meio-tempo, só ia à Quercetana a cada dois finais de semana, não com a frequência que havia prometido à mãe. Rosa sabia muito bem o motivo pelo qual Alessandro estava tacitamente excluído daquele lugar. A Quercetana era o passado com Tan, um lugar que permanecia só para eles, os dois, Rosa e Tan, sem espaço para mais ninguém.

Quando perceberam que sabiam como separar a vida pessoal do trabalho, Rosa e Arianna se tornaram amigas. Em pouco tempo, Arianna se tornou Ari, um diminutivo escolhido por Rosa como sinal de máxima intimidade e confiança. Ari tem seios grandes (usa 46), um corpo que não é esbelto, mas é muito tonificado. Fez uma plástica no nariz ("era muito largo, eu parecia um leitão"), deixando-o bem reto e artificialmente perfeito. Depois de sua nomeação como diretora, quando Rosa se viu com ela como enfermeira-chefe do departamento de oftalmologia, a princípio, ficou preocupada. Com mais de dez anos de experiência na enfermaria, a mulher poderia se mostrar uma colaboradora rígida e até mesmo intrusiva. Os temores logo foram dissipados: muita simpatia mútua, que logo se transformou em amizade. A exuberância e o jeito imperioso de Ari nunca incomodam Rosa; pelo contrário, muitas vezes funcionam como um escudo em suas relações com os pacientes, ajudando-a a se desvencilhar de suas expectativas, reações e emoções, um emaranhado no qual, ao contrário de Rosa, ela sabe perfeitamente como se mover.

    Ari sempre mantém o cabelo preto em um coque perfeito (além de modelá-lo com gel, usa uma redinha); olhos entre o verde e o avelã, lindos, exceto por um leve tique que a faz piscar mais rápido quando está cansada. Enérgica, muitas vezes até demais. No peito tem a tatuagem de uma gaivota, Rosa viu o desenho quando ela tirava o jaleco ao final do turno: uma gaivota grande, com asas pretas desenhadas acima de cada seio. Frequenta uma academia em Gavinana, o bairro onde mora, daí o físico tonificado e a postura agressiva e felina. Uma mulher feliz em seu corpo, com força de vontade e determinação ("se você não for atrás, ninguém lhe dará nada na vida: sua própria carreira prova isso, Ossoni"). Ari nasceu em Florença, e vive lá como se vivesse numa casa em que conhece muito bem cada canto. Rosa também confia nesse enraizamento, pois, embora seja "florentina" há alguns anos, continua sendo uma cidadã tímida e desnorteada, sempre na ponta dos pés – e sozinha, agora que não está mais com Alessandro, sem vida social após o término do dia de trabalho no hospital. Ari, por outro lado, tem seu próprio círculo, conhece e convive com muitas pessoas e tem um namorado, um rapaz dez anos mais novo que ela, que é enfermeiro no Torregalli. Ela gosta de filosofar sobre a vida, e Rosa sempre a ouve com atenção: por mais divagantes que sejam, os argumentos de Arianna sempre contêm pílulas de sabedoria.

 Jantaram juntas em uma noite que era o solstício de verão, em um restaurante escolhido por Ari, um lugar na Piazza di San Pier Maggiore, algumas mesas pequenas sob grandes guarda-sóis de lona que não deixavam o ar passar (a noite estava quente, alto verão). Rosa pediu um carpaccio de Chianina,* Arianna um arroz preto com sabor cítrico acompanhado de

---

* O gado Chianina é proveniente do Vale de Chiana, na Toscana. Um dos mais importantes rebanhos na Europa. Atualmente, esses animais são criados para produção de carne com alto padrão de qualidade. [N. T.]

Morellino di Scansano (um vinho robusto para a estação, pensou Rosa, mas tudo bem).

"Tenho achado você um pouco triste ultimamente, doutora", Ari disse a ela enquanto esperavam que o garçom voltasse. "O que está acontecendo? É claro que você só me conta se quiser: espero que tenha entendido que pode confiar em mim, eu não espalharia nada nem sob tortura."

Rosa sorriu, pois uma única taça de Morellino bebido de estômago vazio já lhe dava vontade de falar.

"Você se lembra do Alessandro? Eu o apresentei a você uma noite, quando ele veio me buscar em frente ao hospital."

"Aquele cara magro, de moto?"

"Ele mesmo. Talvez você tenha entendido que estamos... Quero dizer, estávamos juntos, até pouco tempo atrás."

"Sério? Olha só! Não, eu não tinha adivinhado..."

"Sim, ficamos juntos por bastante tempo... por anos", acrescentou Rosa, olhando para o espaço, atônita, como se ela mesma tivesse que se convencer dessa duração.

"Puxa, Ossoni, então nem um dia; quando eu o vi naquela noite, nem podia imaginar... vocês pareciam tão diferentes, dois animais de espécies distantes."

Os pedidos chegaram, e Rosa deu algumas mordidas sem muita convicção, mais atraída pelo vinho. "Diferentes, muito diferentes, mas fazíamos companhia um ao outro. E depois havia o mergulho, o snorkel: foi ele quem me ensinou, e isso nos uniu. Quanto ao resto: pouco. Pensar que durante todo esse tempo eu nunca quis apresentá-lo aos meus pais; e dizer que Quercetana, onde eu cresci, fica a trinta quilômetros daqui! O fato é que eu não estava convencida..."

"Você o largou", concluiu Ari, cruzando as coxas tonificadas sob o vestido verde ácido que usava naquela noite, combinado com um casaco acinturado de algodão perfurado azul-celeste.

"Sim, não nos vemos nem nos falamos há dois meses. Não penso muito nele, na verdade, eu diria que quase nunca..."

"Minha querida doutora", respondeu Arianna, com um brilho protetor por trás da ironia do tom, "é fato, algumas histórias terminam abruptamente. Pessoalmente, não entendo por que todas as separações são consideradas dramáticas. Se vocês quisessem ter um filho, talvez tivessem encontrado um jeito, mas assim...". Livre do tique de piscar, seus olhos brilham na meia-luz quando ela acrescenta, mais seriamente: "Escute isso de alguém alguns anos mais velha que você, Ossoni: no decorrer da vida, há gargalos, passagens de tempo. Você está aí: em uma passagem de tempo. E também, se me permite dizer...", ela acrescentou mais seriamente, deixando de lado todo o sarcasmo.

"Sim, Ari, vá em frente."

"E também, você não estava apaixonada por esse Alessandro; como poderia estar? Você não tem espaço; agora, pelo menos; antes, eu não sei, porque não a conhecia. Mas agora, você está tão concentrada nas suas responsabilidades; eu te vejo todos os dias e trabalho com você, posso testemunhar. É claro que você é jovem e ainda não é tão rígida quanto outros diretores que eu conheço, mas você está tão absorvida pela vida do hospital, cem por cento. O amor, por outro lado", concluiu ela, enquanto servia mais Morellino para si mesma e para Rosa, "o amor é uma questão de espaço. Espaço para oferecer, espaço vazio para receber. Em você, esse espaço está faltando, e eu, que já te conheço um pouco e vejo o quanto e como você trabalha, Ossoni, te digo isso. Não só te falta espaço: ele simplesmente não pode existir agora".

Novos clientes na mesa ao lado, por mais quente que esteja, é uma noite linda, boa comida, efeito poderoso do vinho. Rosa sente-se de ressaca, não tem o hábito de beber, e o Morellino combinado com o calor a deixa atordoada, suas pernas formigam, seus pensamentos flutuam vagamente. Vagos e ousados.

Com a desculpa de querer se mexer para fazer a digestão, ela recusa o passeio de carro proposto por Ari. Contornando um pouco as ruas escuras, Rosa chega à Via dei Palchetti, ébria, quase feliz. A noite de verão tem cheiro de possibilidade, fala do futuro. Uma passagem do tempo, como bem disse Ari. Deixar Alessandro, pensa Rosa ao entrar em casa, foi um gesto livre, o mais fiel a si mesma, longe daquele vórtice de excesso de trabalho ao qual, é verdade, Ari tem razão, Rosa é de fato sugada.

O último encontro com Alessandro foi em uma sexta-feira à noite, dois meses antes, em sua casa. Rosa falou, o mais sinceramente possível. Ela não via horizontes. Além do mergulho com snorkel, sentia que eles não estavam compartilhando mais nada. "Como você quiser", foi a única resposta de Alessandro, à meia voz, o tom de rendição de alguém que aceita um estado de coisas e não lutará para mudá-lo. Nem mesmo dez minutos depois ele já havia vestido o paletó para ir embora. Essa condescendência, esse fatalismo (uma resignação que Rosa conhece por tê-la respirado em casa desde criança) foram a confirmação de que deixá-lo era a coisa certa a ser feita.

Será como Ari lhe disse: uma passagem de tempo. Certamente no fim de semana na Quercetana, uma viagem curta adiada por tempo demais, pesa a melancolia de ter terminado com Alessandro. Até agora, Rosa não se deu a liberdade de ouvir, mas essa melancolia também a habita.

Rosa havia feito uma prova sobre os componentes psicológicos das patologias oculares em seu terceiro ano na universidade (tirou mais uma nota máxima). Cuidar dos olhos, lidar com problemas relacionados à visão, é também aventurar-se no delicado terreno da vulnerabilidade dos pacientes, à medida que sua relação com a realidade muda gradualmente. Isso ela havia estudado nos livros e os anos de experiência prática no setor confirmaram.

A própria Rosa está ciente do risco, temido pela mãe, de "levar as coisas a sério demais", de não ser capaz de manter um distanciamento emocional suficiente. Ela sabe que a empatia excessiva pode ser seu calcanhar de Aquiles, mas também, se for capaz de calibrá-la bem, essa mesma empatia pode ser sua força. Apoiar os pacientes protegendo-se de suas psiques: esse também é o desafio.

Um desafio nem sempre vencido. De fato, já lhe aconteceu de se preocupar "demais": por exemplo, com uma menina indiana que, mais tarde, voltou a Calcutá por causa de uma retinose pigmentar maligna diagnosticada depois que os exames confirmaram a atrofia do nervo óptico.

A garota, Jeevika, estava em Florença graças a uma bolsa de estudos na Academia de Belas Artes, que foi anunciada como parte de um acordo de geminação com escolas de arte semelhantes nas principais cidades do mundo. Ela não conhecia ninguém na cidade. Depois da consulta em que Rosa a informou que ela havia sido diagnosticada com retinose pigmentar com atrofia do nervo, foi natural convidá-la para almoçar na cantina do hospital.

"*I try to look at everything intensely so that I can remember it afterwards*", a garota havia confidenciado a Rosa enquanto comiam. Rosa entendia aquela necessidade de acumular imagens, de compor um arquivo mental para ser consultado "mais tarde", quando só houvesse escuridão. "*Remembering light isn't that easy, is it, doctor Ossoni? Still, I try, because more than the idea of losing the lights, the most difficult thing is the prospect of forgetting the texture of light.*" Ainda mais do que a ideia de perder a luz, o mais difícil é perder a percepção da sua consistência, a textura da gama de cores, Rosa traduziu para si mesma, impactada pela profundidade do raciocínio.

O médico-chefe do departamento de oftalmologia, que até recentemente estava supervisionando a residência de Rosa, dr. Berardotti, ouviu de seus colegas sobre aquele almoço na cantina na companhia de um paciente (uma transgressão de todo código hospitalar) e convocou Rosa. "Se você não encontrar uma maneira de silenciar suas emoções e estabelecer uma atitude mais profissional, dra. Ossoni, sua carreira será prejudicada, deixe-me dizer com franqueza. A senhora tem que criar um escudo, uma armadura, ser dura, chame como quiser; mas é isso, sem barreiras de defesa, essa nossa profissão, a que a senhora escolheu, é inviável. Coloque isso na cabeça."

O mesmo puxão de orelha de Paola, a mãe: lidar com as coisas com o coração é uma limitação e será cada vez mais assim para Rosa se ela não prestar atenção nisso. Entretanto, as observações de uma mãe são uma coisa, as de um supervisor são outra bem diferente. Depois do caso de Jeevika, Rosa impôs a si mesma a disciplina do não envolvimento. Ela agora sabe que, assim como as opiniões, as jornadas dos pacientes também devem ser colocadas em perspectiva. É por isso que, no final do dia no hospital, ela precisa caminhar, esvaziar a mente: criar um espaço e, nesse espaço, processar a distância.

Massimo Prieto, no entanto, é uma exceção. Talvez seja por sua gentileza, sua dignidade, talvez porque algo nele faz Rosa se lembrar de Mario, seu pai; talvez seja porque Adele, a filha, lhe é simpática e, em todas as consultas, ela tenha percebido que é uma pessoa presente, lúcida e também, como seu pai, forte no jeito de enfrentar a desgraça. Seja como for, o pensamento do glaucoma de Prieto não sai da cabeça de Rosa, e esse pensamento também é levado para a Quercetana – junto com a melancólica percepção de que ela queria terminar com Alessandro para ficar e se sentir sozinha de novo.

"Rosa, que prazer vê-la novamente! Seus pais estavam esperando por você, e eu também, do meu cantinho...", Enrica brinca enquanto, com um amplo aceno de mão, convida Rosa a se acomodar no sofá, o mesmo sofá estofado em tafetá de seda no qual Rosa, quando criança, costumava se sentar como realeza, há muito tempo. A gentileza de Enrica, suas maneiras, pelas quais Rosa sempre se sente acolhida, compreendida.

Mario olha para fora da cozinha, onde está lutando há mais de uma hora para consertar o botão da caldeira. Os parafusos de fixação estão espanados e o mecanismo do motor está emperrado, não há mais água e a caldeira está quebrada, razão pela qual Enrica lhe pediu que a atendesse com urgência. Ele esfrega as mãos em um pano para remover a graxa da engrenagem e, enquanto isso, observa o reencontro de Rosa com a sra. Enrica. À seu modo reservado e contido, Mario está muito orgulhoso de sua filha: como ela brilha aos seus olhos, mesmo agora, no gesto gracioso com o qual se inclina para beijar a Senhora, seu cabelo loiro escovado caindo para a frente como um manto.

Enrica, por outro lado, usa o cabelo num corte tigelinha, um penteado adequado para seu rosto pequeno, aperfeiçoado regularmente por um cabeleireiro famoso em Florença, o salão na Via dei Velluti. Elegante, mas prático, de acordo com sua personalidade, seu comportamento sempre apropriado, reservado, mas atento aos outros. Ela nunca, ou quase nunca, usa saias ou vestidos, sempre calças, usadas com desenvoltura por suas belas pernas longas e bem torneadas. Nesse dia, está usando um par de gabardine de viscose ciclâmen lilás sob uma blusa cinza-escura; nos pés, sapatos pretos de salto baixo, simples, mas elegantes. Enrica é a proprietária da Quercetana, herdada, como filha única, de seu pai, um tabelião bastante conhecido em Florença. Tanto pela autoconfiança que seu privilégio social lhe dá quanto por um altruísmo natural, substancioso, sua figura transmite autoridade, solidez. Aos olhos de Rosa, tanto agora como quando a observava secretamente durante a infância, é uma mulher especial, e o fato de tê-la visto muito vulnerável no papel de mãe de Tan não diminuiu sua admiração.

Admiração pela vida dos Manera em geral. No Casarão, para Rosa, a atmosfera sempre parecia oposta à que ela respirava em casa, uma diferença que sentia de forma nítida. Não era tanto uma questão de luxo, mas de grau de liberdade. Na casa dos Manera, parecia a Rosa, era possível ser você mesmo, comportar-se como era natural. Tan pôde fazê-lo, foi acolhido, compreendido, aceito, mesmo nas piores versões de si mesmo: amado como era. Mesmo quando era mais difícil lidar com a situação, cansativo ao ponto do impossível, ele também tinha o apoio dos pais. Na casa dos Ossoni, de acordo com Rosa, era sempre o contrário. Uma estrutura familiar resignada, sem qualquer ímpeto, um clima em que era sempre possível expressar-se pouco, muito pouco. O único momento de atrito com seus pais, quando Rosa insistiu em se mudar para Florença (antes que a morte de seu avô Sergio trouxesse uma solução inesperada para seu desejo), também foi um momento que implodiu. Tensões potenciais atenuadas, silenciadas. A atitude contida de Mario e Paola, baseada na ideia de que a vida é difícil e de que é preciso se adaptar, com sacrifício, sem nunca demonstrar entusiasmo excessivo, porque tudo é difícil e as coisas e as pessoas podem nos trair ("Em cada esquina pode haver uma pegadinha", dizia Paola), fez com que Rosa se sentisse obrigada não apenas a fazer o máximo para alcançar a excelência em seu trabalho, mas também a sempre se comportar "bem". Sem reclamar, sem ímpetos, mostrando aos pais que algo bom na vida é possível, pode acontecer. Atender às expectativas deles sem esperar a gratificação de seu orgulho como pais. No Casarão, na casa dos Manera, em vez disso, as coisas se tornaram vivas, reais. As fortes tensões entre Tan e seus pais adotivos, a crise conjugal entre a Senhora e o Advogado primeiro, depois a separação e, finalmente, a partida de Tan da Quercetana. Tudo era real, enquanto para os Ossoni a engrenagem sempre gira em torno do silenciamento das coisas, não ditas e não vistas. Tan, que tinha o privilégio dessa liberdade de expressão, não foi capaz de apreciá-la, de aproveitar a oportunidade. Para ele, os anos na Quercetana foram um teatro de inquietação, ânsia, conflito, vontade de fugir, um vórtice agitado, que o foi tornando cada vez mais violento, até sua partida. Muitos momentos de dificuldades, crises, agressões violentas contra sua família, principalmente contra Enrica. Violência contra si, até mesmo (com um galho, nas semanas em que estava cavando seu buraco, Tan machucou propositalmente seus antebraços, Rosa se lembra deles esfolados, a pele, muito macia ali, escoriada e sangrando). Ela, Rosa, percebia toda a liberdade no Casarão: o tempo passado por lá permanece, em sua lembrança, o mais luminoso. Era lar. Era espaço, era o tempo que passavam juntos: o tempo dela e de Tan.

"Penso naquele homem, em como ele deve se sentir; e não consigo parar de me sentir mal..."

Mario foi embora, e Rosa, a sós com Enrica, conta a ela sobre Prieto, o momento em que ela teve que contar ao homem sobre a irreversibilidade de seu glaucoma, a perspectiva iminente da cegueira total. "Quando o quadro médico piora, lidar com os pacientes fica muito difícil", diz Rosa, certa de que Enrica consegue entender. Está quente na sala, apesar das portas-janelas bem abertas; Enrica tirou um maço de cigarros da gaveta de uma mesinha e acendeu um, do qual agora inala pequenas e precisas baforadas de fumaça, como goles.

Rosa continua sua história: "Eu ainda estava no hospital na outra noite quando senti meu celular vibrar no bolso do meu casaco. Vi na tela o nome da filha de Prieto, aquele paciente, mas não atendi. Não consegui. É horrível, eu sei, mas é assim mesmo. Certas vezes chega um impulso para se distanciar da situação".

Enrica aperta os olhos e continua fumando. Rosa acha que essa história não poderia ser relatada a mais ninguém – Ari, a enfermeira-chefe, talvez também entendesse, mas é melhor deixar para lá.

"O distanciamento é mútuo", continua Rosa. "Quando a patologia se agrava, os pacientes são os primeiros a se distanciar.

A angústia deles se transforma em ressentimento em relação a mim, eu me fecho como um reflexo, o resultado é que um muro se ergue entre nós."

Enrica se aproxima da porta-janela, e uma pulseira de cerâmica de marfim que ela usa no pulso faz um som estridente a cada movimento seu.

"Por outro lado, Rosa", diz a ela como se estivesse retomando uma conversa que já havia começado (mas está falando pela primeira vez), "não acredito que a assistência psicológica faça parte da descrição do seu cargo. Você trata, e faz isso na medida do possível; mas se as coisas perderem o futuro, se piorarem, você tem que aceitar que não pode mais fazer nada, o que mais? Ou estou errada?"

Rosa não responde, alisa o cabelo com os dedos, enquanto mais uma vez admira Enrica: suas palavras estão tão certas, são tão oportunas.

"Você me faz lembrar dos primeiros dias em Tighina, quando Giovanni e eu tínhamos dois meses obrigatórios para conhecer Tan e depois partir com ele. Todas as manhãs, ao chegarmos ao orfanato, víamos crianças pequenas e mais velhas perambulando pelos corredores, mal-lavadas, malvestidas, sem nenhum adulto com elas. Eu vejo como se fosse hoje os rostos tristes, os sorrisos: era de partir o coração. Sabia que eles não teriam o mesmo destino que Tan. Eles também estavam lá esperando por pais substitutos, homens e mulheres como Giovanni e eu, mas que, ao contrário de nós, nunca chegariam. Histórias dolorosas nas quais eu não conseguia parar de pensar; histórias de sofrimento que eu sentia que estavam presas a mim, como uma segunda pele."

Distanciando-se da porta-janela, Enrica voltou a se sentar e a olhar para o vazio, com uma expressão cansada – aquela história sobre Tighina lhe custou um cansaço evidente. "Foram dias de expectativa, ansiedade, felicidade: agora tínhamos certeza de que Tan viveria aqui conosco, nosso filho. Mas eu sofria por aquelas outras crianças. No hotel, quando nos retirávamos para nosso quarto no final do dia, eu desabava na cama, muitas vezes com enxaquecas terríveis. Giovanni queria falar, mas eu não queria, permanecia em silêncio, perseguindo mentalmente aquelas histórias das quais eu não sabia nada. Histórias de expectativas vãs, de pontos de virada impedidos, de êxitos sonhados, irrealizáveis. Giovanni ficava com raiva, queria me tirar daquele torpor, me afastar daquela tristeza. Era o nosso momento, droga, o que havíamos desejado por meses, anos. 'Ficar sofrendo tanto, Enrica, só vai te enfraquecer', ele me repreendeu uma noite, enquanto estávamos trancados naquele quarto de hotel, sem nada que nos fizesse sair. Ele estava irritado e envolvido, como não ficaria depois na Itália. Ao me envolver com histórias que eu não conhecia, eu estava me fragilizando, em uma circunstância em que, ao contrário, precisava de toda a minha energia. Sentir-se mal pelos outros desviou minha atenção do mais importante, Tan, a razão pela qual tínhamos chegado tão longe: Tan, nosso filho, que eu precisava conhecer o melhor possível, o mais rápido possível, antes de voltarmos juntos para a Itália. Só isso importava."

"Eu entendo, entendo bem, sim", diz Rosa em um sussurro. A história de Enrica a domina e ela não quer interrompê-la com nenhum comentário.

Enrica acende outro cigarro, e as pulseiras de marfim tilintam novamente. "Situações muito diferentes daquelas que você enfrenta no hospital, imagina; mas ficar remoendo coisas que não podemos realmente saber, e muito menos mudar, é inútil, Rosa, é isso que estou tentando lhe dizer. Inútil, e até mesmo prejudicial; como se fosse um esforço que não leva a lugar algum."

Até aquele dia, Rosa nunca havia sabido da vida de Tan antes de sua chegada a Quercetana, um "antes" que sempre permaneceu envolto em mistério. Essas lembranças de Enrica não apenas capturam a atenção de Rosa, mas também a transferem para Tan, um pensamento que ela geralmente evita, porque a desestabiliza. Mas a atenção é uma pluma escondida: começa a rodopiar na mente quando menos esperamos, e, daí em diante, é impossível não seguir seu voo.

"Posso te oferecer uma limonada?", pergunta Enrica, olhando para Rosa com o cenho franzido. "Sua mãe fez duas jarras ontem, você vai ver que delícia: gelada, pouco açúcar, pequenas lascas de gengibre..."

Enquanto Enrica vai pegar a bebida na cozinha, Rosa começa a olhar ao redor; aqui e ali, no grande salão, percebe objetos dos quais não se lembrava. Os mesmos detalhes de mobília que, muitos anos antes, havia admirado na pressa antes de subir correndo para Tan. Objetos, alguns deles preciosos: um vaso chinês com um dragão de língua vermelha pintado; um tabuleiro de xadrez de alabastro com quadrados cinza e pretos, os peões esculpidos, os olhos de um rei e de uma rainha perfeitamente cinzelados; uma luminária pendente *Art Nouveau*, o vidro amarelo ocre com veios escuros. Mesmo com o passar do tempo, nada mudou naquele salão. Uma continuidade que tranquiliza Rosa – isso também "é casa".

Colocada em um canto, há uma foto de Tan de que ela não se lembrava. Rosa se aproxima para olhar, não tem lembrança desse retrato. É uma foto em preto e branco, impressa em papel brilhante. Tan devia ter quinze ou dezesseis anos (o que entrega é a acne que ele deixou de ter mais tarde): está agachado, e atrás dele pode ser visto um afloramento rochoso, ao fundo as montanhas de Val Marebbe, onde costumava passar as férias com Enrica (e em um verão também com Rosa). Sob a camiseta regata, os músculos esculpidos de seus bíceps estão em evidência. Está desgrenhado, tem um comecinho de barba e está visivelmente de mau humor.

Enrica voltou da cozinha com a limonada, avança lentamente carregando a bandeja, e a pulseira em seu pulso tilinta como nunca. Ao ouvi-la chegar, Rosa rapidamente retoma seu lugar no sofá rígido – não quer ser surpreendida enquanto examina a fotografia. Naquele momento, toca o celular de Enrica, ela se apressa em largar a bandeja para atender e, indo conversar no jardim, deixa Rosa novamente sozinha. Fragmentos de sua conversa entram pela porta-janela, mas Rosa não presta atenção, pois volta imediatamente ao móvel de canto para olhar a fotografia de Tan. Observa cada detalhe, detalhes dos quais não se lembrava: a mandíbula firme, a pequena covinha no queixo, o sorriso atrevido; aqueles olhos azul-escuros que Rosa reconheceria entre milhares. Como eles a deixavam sem fôlego e quase conseguem fazer isso mesmo agora, por meio de uma fotografia, anos mais tarde.

Tan, seu desafio contínuo – para seus pais, para o mundo e para ela, Rosa. "Aqui estou eu, me aceitem, é isso que eu sou. Se vocês não gostam de mim, se minha agressividade os incomoda, não me importo – não preciso de vocês." É o que diz o seu olhar. "A raiva era o grande trunfo de Tan", Rosa pensa agora: o ímpeto que o levou a seguir em frente, a única cura para a ruptura da história de sua infância – a única maneira de esconder sua dor, embora nunca completamente.

Eles se cruzaram poucas vezes nos últimos anos. Tan estava esquivo, distante, na companhia de outras pessoas desconhecidas para ela (amigos de sua nova vida, da última vez uma garota, provavelmente uma namorada). Agora, olhando a fotografia repetidas vezes, o sorriso de Tan, um pouco falso, mas ainda intenso, Rosa sente rancor e saudade – o mesmo estado de espírito do dia em que o viu partir, deixar a Quercetana.

De manhã cedo: na praça de cascalho usada como estacionamento, Rosa testemunha mais um momento de tensão entre a família Manera. Mario e Paola também estão com ela, mantendo uma distância respeitosa, perto dos oleandros; embora façam o possível para não deixar transparecer, estão consternados. O Advogado já não vive mais na Quercetana, mas agora, dada a situação difícil, fica ao lado de Enrica como se ainda fossem marido e mulher. No meio deles está Tan, parado ao lado da mala de rodinhas brilhante, que em um minuto será colocada no porta-malas do jipe. Ele não fala, não olha para ninguém. Só espera.

O diretor da escola insistiu: mandar "o menino Manera" embora (era como chamava Tan, de um jeito condescendente), mandá-lo estudar em outro lugar, em outra cidade, certamente seria a melhor medida – a mais razoável e eficaz, considerando a extensão do problema que ele havia causado. O psicólogo da escola também concordava, e nem mesmo o dr. Lenti, o psicólogo, que havia sido consultado, discordou. A agressividade de Tan ultrapassou todos os limites permitidos: já não é possível seguir assim. Se "o menino Manera" for legitimado a manifestar qualquer tipo de reação, se insistirmos em permitir que ele manifeste qualquer tipo de violência sem punição, sempre com a mesma indulgência, se respondermos às suas provocações sempre "deixando passar", que horizonte ele terá pela frente? Automutilação, deixar que as situações se degenerem, que machuque a si mesmo – e, enquanto isso, machuque os outros. Tan precisa ser detido e, por isso, afastar-se da Quercetana e de Florença só pode lhe fazer bem.

O último episódio ocorreu algumas semanas antes. Rosa foi informada por Paola, que sabia do fato por meio de conversas ouvidas no Casarão, e ainda mais depois que ela chegou uma manhã e encontrou a sra. Enrica chorando, desesperada, na cozinha, e ouviu seu desabafo. Depois de meses e meses de treinamento, finalmente contratado na posição de atacante lateral no time de futebol da escola, Tan, durante o primeiro jogo do torneio no campo em Bagno a Ripoli, errou um chute e marcou um gol contra. Enlouquecidos de raiva, seus colegas de equipe se jogaram sobre ele, mas ele se defendeu. Ali também desafiou: tanto os outros como a si mesmo – seu próprio erro gritante. Uma briga violenta: Tan começou a chutar e a dar socos e, em um de seus colegas de equipe, um garoto anglo-italiano (de mãe inglesa) pequeno e muito franzino, deu um soco no rosto, quebrando o septo nasal.

A ambulância chegou. O menino sangrava muito, devido à força do soco de Tan no meio-tempo desmaiara. Tan foi pego e contido quando estava prestes a fugir pelo campo. Não queria se desculpar de forma alguma, nem com o garoto, nem com os outros colegas de equipe, nem no dia seguinte, quando, acompanhado por Giovanni, teve de se apresentar na sala do diretor da escola. Por que esse gesto, essa violência, por que está se comportando assim, Tan? Estava entrincheirado atrás de um silêncio teimoso e ressentido; permaneceu assim até mesmo no Casarão. Ao voltar para a Quercetana, correu para se trancar em seu quarto e não saiu de lá por uma semana, Paola que lhe levava comida e deixava a bandeja na porta. O companheiro de equipe sofrera uma grave fratura no nariz, com lesão da membrana e deterioração do septo. Os pais quase prestaram queixa, mas foram dissuadidos no último minuto pelo *savoir faire* do advogado Giovanni Manera.

O episódio era sério demais, o último de uma série de explosões violentas de Tan contra seus pais adotivos, agora também contra seus colegas de classe, em um episódio anterior até mesmo contra um professor – por causa de uma nota baixa, Tan havia jogado um estojo de lápis no professor de matemática, sem acertá-lo, mas correndo o risco de ser suspenso e espalhar um escândalo por todo o instituto. A briga no campo de futebol marcou um clímax: um divisor de águas, uma cesura, uma ruptura definitiva no relacionamento de Tan com todos, inclusive com Enrica e Giovanni.

A família Manera se convenceu e decidiram em pouco tempo: Tan partiria para Milão, onde terminaria a última parte do ensino médio (mais um ano e meio) em um internato. Foi uma decisão muito dolorosa, um golpe para ambos como pais: foi o golpe final em uma estrutura familiar que já havia sido muito prejudicada pela separação. Uma precipitação de coisas que minou a própria escolha de adotar Tan, quase a fragilizando em suas bases. Mas não havia alternativa, ou pelo menos não em médio prazo. Para encontrar seu equilíbrio, para evitar que todos sentissem toda aquela raiva, aquela dor, Tan tinha que se afastar de seus pais. Por mais difícil que fosse, sua partida era a melhor solução.

Assim, em uma manhã de inverno, ele e Rosa se despediram: o ar estava frio, cortante, uma névoa cinzenta envolvia as árvores, encobria as sebes de oleandro e as faias, apenas o carvalho espreitava através da névoa, as colinas ao redor eram invisíveis. Rosa não estava preparada para aquela despedida, convencida de que seria uma separação breve, um intervalo limitado no tempo. No entanto, olhando para trás, mais tarde, a despedida muito difícil entre ela e Tan pressagiava o futuro – o afastamento deles após o incidente que ocorrera pouco tempo antes no buraco de Tan e toda a distância que estava por vir.

Rosa também estava com frio naquela manhã, com Tan: sabia o quanto ele tinha sido violento na briga em Bagno a Ripoli, o desdém e a condenação podiam ser vistos em seus olhos quando ela o cumprimentou. Tan mantinha os olhos baixos e, quando os levantara, tinha sido para encará-la. A lembrança daquela noite de verão no buraco pesava sobre os dois, a explosão de Tan, suas palavras contra Rosa, sua fuga pela escuridão. A ofensa. Ninguém além deles sabia, agora o silêncio falava sozinho, por eles.

Em sintonia com a manhã enevoada de inverno, Tan está vestido de tons escuros, a calça do abrigo é preta, o capuz de lã é preto, a mala de rodinhas brilhante cinza está com as rodas presas no cascalho. Para Rosa, ele parecia impaciente para partir, deixava Quercetana não triste, mas com raiva, um ressentimento indiscriminado que se derramava sobre todos, inclusive sobre ela.

"Tchau, vou me despedir, Tan... até breve", num sopro ela conseguiu dizer. Ele ficou sem reação, parado ali, rígido, esperando que o pai decidisse ligar o motor e partir.

"Tchau, Rosa." Sombrio, tão distante Tan; como se já tivesse ido embora, para longe, muito longe.

Ao final da ligação, Enrica permanece no jardim, discutindo com Mario a questão da caldeira quebrada e considerando com ele a possibilidade de substituí-la por uma nova. Enquanto isso, Rosa permanece em frente à fotografia de Tan, procurando novos detalhes que lhe possam ter escapado. Sua expressão, uma alegria muito arrogante para ser sincera, seu sorriso puxado para revelar os dentes feios (que, com o tempo, ficaram um pouco menos feios graças a um aparelho usado por anos, caríssimo, pago por seus pais ao dentista).

Ele partiu para o internato sem que ninguém estivesse preparado, muito menos Rosa; só um pouco ele mesmo, Tan, por como o episódio no campo de futebol quase parecia provocado de propósito, só para vê-lo ser mandado embora outra vez, para tão longe quanto de onde tinha vindo. Longe, para terminar de crescer sozinho, sem sua família adotiva ou outras pessoas por perto; para se medir contra si mesmo, contra seus próprios pontos fortes.

A agressividade de Tan, segundo o dr. Lenti, o psicólogo, mais que por sua infância em um orfanato e pela adoção, fora motivada pela separação da família Manera. Ele estava convencido de que tinha sido um choque para o menino e, educadamente, fez com que Giovanni e Enrica entendessem sua convicção: Tan havia sofrido muito e ainda sofria com o distanciamento entre eles, talvez se sentindo obscuramente responsável por isso. Duplicar as casas (seus dois quartos, um em cada lugar), as novas situações emocionais de seus pais (a solidão de Enrica na Quercetana, a nova vida de Giovanni com Michela, sua secretária dezessete anos mais jovem). Tudo era vivenciado como uma traição para Tan: uma amarga negação de suas expectativas como filho adotivo.

"Foram vocês juntos que o desejaram", disse o dr. Lenti a Enrica e Giovanni, convocados ao seu escritório na Via del Giglio, "por vocês unidos Tan deve continuar a se sentir escolhido, amado".

Essa foi a decisão do ex-casal Manera: para visitar o filho em Milão nos fins de semana, eles sempre iriam juntos. Uma vez na cidade, cada um hospedado separado, o tempo com Tan seria compartilhado pelos três juntos – ou seja, em família, a família que era essencial para que Tan continuasse a existir, como uma estrutura, como uma unidade calorosa e sempre acolhedora.

A nostalgia é habilidosa, sempre mais perspicaz do que aquele que a sente: a de Rosa em frente à fotografia de Tan é uma corrida que continua a galope, para trás. Remonta à época de sua chegada à Quercetana, quando vê-lo, para Rosa, era sempre uma sacudida que a fazia tremer, era excitação, espanto. Eles pulavam os equilíbrios, Rosa lhe ensinava a jogar paciência e outros jogos de cartas e começou a amá-lo: um amor louco, um amor que ocupava sua mente sem unir nenhum outro desejo além de estar com ele, os dois sozinhos. A sensação de onipresença condensada naquela repetição: "Eu sim que o entendo, só nós nos entendemos". Lembra-se como se o sentisse agora mesmo, a energia dos primeiros dias depois que Tan chegara à Quercetana vindo da Moldávia. A força inesgotável, a audácia da qual Rosa se sentia capaz.

Depois disso, por anos, o imperativo foi invertido. Pensar em Tan o mínimo possível; concentrar sua mente em outra coisa, lançar-se de cabeça primeiro nos estudos, depois no trabalho, para esquecê-lo. Ela estudou e estudou, exames, mais exames, depois da graduação, a especialização, depois a supervisão, a residência, a promoção, a maior responsabilidade pelo papel que havia conquistado como médica; passo a passo, ao longo da estrada sinuosa para o sucesso profissional. Namorada de Alessandro, sem estar apaixonada – tudo apenas para tirar Tan da cabeça, para não ser pega nas malhas largas de uma rede esticada como a armadilha de um feitiço: as lembranças com Tan.

Abafar o "antes", silenciar a memória, é algo que Rosa aprendeu com seus pais. Eles nunca lhe contaram nada sobre a vida deles na Umbria antes de ela vir ao mundo e eles se mudarem para a Quercetana. Nada: esse tempo é como um buraco vazio. Apenas uma vez, enquanto ouvia uma reportagem sobre o julgamento da ThyssenKrupp no noticiário, viu Mario chateado e o ouviu (mas apenas porque Rosa insistiu) dizer que havia trabalhado na mesma fábrica, ainda que muito antes do desastre em Turim em 2007.

Quanto ao resto, uma determinação silenciosa de manter o passado longe, o que, de uma forma não muito diferente, Rosa também via em Tan. Os anos de infância em Tighina, no orfanato, permaneceram em segredo, nunca revelados ou nomeados e, portanto, quase irreais. Um tempo que, em vez disso, habitava Tan, pulsando dentro dele, toda vez que Rosa sentia seu pulso. O "antes" estava com Tan e não o largava, assim como os anos que passara na Quercetana com ele por perto, Rosa gostaria de abafá-los, de substituí-los por outras presenças, pelo incansável compromisso com o estudo e depois com o trabalho. Mas eis que aquele passado retorna.

Enrica serve a limonada em dois copos altos de vidro estriado, os cubos de gelo estalam ao entrar em contato com o líquido. Depois de terminar a ligação e a conversa com Mario no jardim, se senta ao lado de Rosa, sua pulseira tilintando novamente enquanto ela alisa o forro de tafetá de seda do sofá com a mão.

"Eu também, sabe, Rosa, do meu jeito, tenho problemas de trabalho; ou melhor, mais do que problemas, dúvidas", diz ela.

"Que dúvidas?"

Há algum tempo, Enrica colabora com uma agência de turismo: o escritório fica no centro da cidade, em uma sala que dá para a Via de' Gondi, atrás da Piazza della Signoria. Ela não lida com os clientes, pois isso é feito muito bem por Costanza, a proprietária da agência que lhe ofereceu a colaboração; Enrica é responsável pelo site e por parte da contabilidade. A agência está indo muito bem, "em alta, digamos", diz agora a Rosa. Graças a seus conhecidos de Florença, sendo a ex-mulher do advogado Manera, através dela surgiu um patrocinador importante, um produtor de vinho Chianti, um homem refinado com muito dinheiro para investir, que se apaixonou pelo projeto da agência e viu o exemplo brilhante de empreendedorismo feminino e promoção do turismo. O contato (inestimável) rendeu a Enrica uma proposta de Costanza para se tornar sócia da agência; agora sua dúvida é se deve aceitar a oferta.

"Eu hesito, sabe, Rosa; é claro, sou muito grata a Costanza, se não fosse ela lá para me tirar da Quercetana, tirando as viagens para visitar Tan em Milão, eu teria me enterrado aqui. Teria enlouquecido, ou vocês teriam me encontrado no córrego de cabeça para baixo..."

"Não fale assim, não é engraçado!", desabafa Rosa, séria. Pode ser por ética profissional, mas ela não tolera ouvir piadas sobre infelicidade (e lamenta o fato de Enrica nem sequer mencionar Mario e Paola, mesmo assim alguma forma de companhia, mas segue em frente).

"Você tem razão, não devo brincar; no entanto, você também vai se lembrar de como eu estava diminuída naquela época."

Sim, Rosa se lembra perfeitamente: durante meses, depois que Tan foi para o internato em Milão, Enrica era uma sombra de seu antigo eu. Ela podia ser vista no jardim cuidando de plantas e flores, consultando Mario sobre a melhor maneira de cuidar delas e mantê-las bem; mas sem nenhum ímpeto, cada dia mais vaga, mais lenta, como se estivesse atônita. No espaço de poucas semanas, estava acabada; geralmente se vestia e se penteava com cuidado, mas agora estava despenteada, desleixada. A convite de Mario, passou um domingo na casa dos Ossoni. Uma refeição da qual Rosa se lembra com pesar: à mesa, ela mal abria a boca, de tão triste que estava, abatida pelo peso de sua própria dor. A separação de Giovanni havia sido dolorosa, é claro, mas foi enfrentada com a marca do respeito, de uma civilização de relacionamentos tornada obrigatória pelas circunstâncias: Tan, tendo sido adotado por eles juntos, os unira para além de si mesmos. Para além de Tan, o que restava entre Enrica e Giovanni era um afeto profundo, um sentimento saudável que os acontecimentos não conseguiram romper. A mudança de seu filho para Milão, no entanto, foi uma dor: uma fratura incompreensível, um golpe do qual era realmente difícil imaginar que Enrica se recuperaria.

Como mãe, ela entendia com a razão: na época, havia concordado com o diretor da escola, admitindo e reconhecendo que Tan havia entrado em um vórtice negativo e destrutivo. Sabia mais sobre a violência de que seu filho era capaz do que qualquer outra pessoa, pois ela mesma havia sido vítima dela. Durante um de seus acessos de raiva, Tan quase quebrou a mão (teve de mantê-la enfaixada por mais de um mês) depois de um soco na porta. Em outra crise, ela, Enrica, deslocou o ombro ao cair depois de ser empurrada pelo filho. Tudo verdade, amargamente verdade: até mesmo o fato de que aquela espiral só poderia piorar, tornando-se cada vez mais perigosa, para Tan, para ela como mãe, para Giovanni, para todos. Mas ela, Enrica, se pudesse escolher, ainda teria resistido e suportado: sempre. E ali, a razão deixava de ser lúcida. Ali a razão era uma só, era o amor, um amor imenso.

Seriam para sempre mãe e filho. E não ter mais Tan por perto, para Enrica, era um fracasso, uma saudade dilacerante, mas também algo muito mais violento. Um remorso que a consumia por dentro, que lhe tirava o fôlego, que lhe tirava a fala, que entorpecia todas as suas relações com o mundo. Durante muitos meses, ela foi uma mulher quebrada. Muda. Até a oferta (providencial) de sua amiga Costanza para colaborar com sua agência de viagens.

Quando o tempo de Tan no internato chegou ao fim, ele permaneceu em Milão, pois não queria voltar para a Quercetana. Uma decisão que Enrica respeitou. Ela agora está bem, uma mulher reconciliada, serena e equilibrada outra vez, embora tenha perdido um pouco da autoridade de que Rosa se lembrava do passado, está mais consciente, sua elegância é menos deslumbrante e, ao contrário, mais entrelaçada com a experiência de vida. Sua aparência também mudou: pequenas rugas ao redor dos olhos e da boca, um indício de queixo duplo que ela não tinha antes.

"Uma limonada deliciosa, realmente, agora que vou voltar lá para baixo, vou elogiar minha mãe. Mas, Enrica" (já faz algum tempo que Rosa concordou em não a chamar mais de Senhora), "se eu fosse você, não teria dúvidas; acho ótimo que você entre para a agência como sócia! Eu só vi a Costanza uma vez, quando ela veio aqui à Quercetana para a sua festa de cinquenta anos. Ela me pareceu simpática, muito tranquila, e também uma boa amiga sua, fiquei com a impressão: leal. E depois, me desculpa: se os negócios da agência estão indo tão bem como você diz, e se tem esse patrocinador importante que você encontrou, como não seria benéfico para você se tornar sócia?" Rosa fala com suavidade e confiança; gosta desse papel inédito de conselheira, que faz com que se sinta importante. "Você sabe que a enfermeira-chefe da minha ala procurou vocês no verão passado? Por causa de uma viagem que ela fez com o noivo para Lanzarote – e ela se divertiu muito –, queria me passar seus contatos, sem saber que é a agência onde você trabalha, nem saber de fato..."

Enrica, feliz com o elogio de Rosa, levanta-se novamente para fumar na porta-janela (acompanhada pelo tilintar das pulseiras). "Você tem razão, e ouvir você me convence imediatamente. Sim, será um bom passo se eu me tornar sócia. Mas primeiro vou esperar a opinião de Tan; ainda hoje ele deve me avisar quando vem; ele falou que deve ser em meados de agosto e,* dessa vez, prometeu ficar um pouco."

---

* Ferragosto é um feriado popular celebrado dia 15 de agosto em toda a Itália. Quase tudo para, as lojas permanecem fechadas e grande parte da população viaja. A origem da festa é romana, Feriae Augusti, decretada pelo imperador Augusto como período de descanso após um período prolongado de trabalho no setor agrícola. A data original era dia primeiro de agosto, mas a Igreja Católica juntou-o à ascensão de Nossa Senhora, dia 15 [N. T.].

"Como está o Tan?", pergunta Rosa da forma mais despreocupada possível, com o tom rápido de alguém que expressa um interesse necessário.

"Ele está... como deve estar? Acho que está bem, embora eu nunca saiba se está bem de verdade. Trabalha, sempre com algum trabalho novo e fazendo algum bico. Há algumas semanas, graças à irmã de Giovanni, Mara, foi contratado como faz-tudo em uma produtora, a Dorfilm..."

"Que legal! Cinema?"

"Não, documentários; vamos torcer para que desta vez seja um trabalho duradouro, seria uma ocupação muito adequada para ele. Muitas reuniões, várias tarefas. O que posso dizer... nas últimas vezes em que fui a Milão eu o achei feliz, mas, mesmo assim, nunca sei se estou achando certo."

Rosa teve poucas, esporádicas e fragmentadas notícias de Tan após sua mudança, ao longo dos anos. Sabe que, depois do ensino médio, ele prestou um tempo de serviço comunitário na província de Trento, em um refúgio nas montanhas que frequentava tanto no verão quanto no inverno. Sabe que, quando ele voltou a Milão, fez de tudo, de garçom a segurança em uma boate, de salva-vidas em uma piscina a estagiário em uma biblioteca perto do Parco Nord. Rosa recebeu informações de sua mãe, com aquele tom de Paola, sempre dividido entre a perplexidade e a decepção. "Nunca que ele encontra um pouco de paz, aquele bendito menino", Rosa a ouvia comentando, crítica e desanimada como sempre fica quando fala de Tan. Pobre Tan: Rosa fica um pouco triste ao imaginá-lo procurando o emprego certo, a oportunidade certa – o oposto dela, certinha, segura, com todas as bagunças controladas.

Além dos oleandros, na borda do jardim da Quercetana, ao longe, estende-se o campo de girassóis; outro campo, amarelo com restolho, apenas em um lugar encoberto por uma nuvem passageira. O sol está alto e muito quente, e Rosa o sente batendo em sua cabeça enquanto desce a colina. Se a viagem fosse mais longa, chegaria exausta a sua casa, a algumas centenas de metros de distância. Mas não se apressa, caminha lentamente pela trilha, pensando com calma na conversa que acabou de ter com Enrica. Ela se sente apoiada pela mulher, sua companhia lhe dá segurança, a sensação de poder ser ela mesma com liberdade. A mãe, por outro lado (de novo aquele momento tenso pela manhã, quando ela havia acabado de chegar), tem o efeito oposto sobre Rosa. Ela a faz se sentir julgada, nunca realmente aceita, e essa percepção a fragiliza. Porque é sua mãe, caramba – e, em vez disso, é a pessoa que menos entende Rosa, e não a apoia. Mesmo quando criança, Rosa recitava seus poemas no saguão do Casarão, depois, no mesmo caminho onde está agora, indo para casa, era Mario quem a elogiava: Paola, nunca. Nunca lhe comunicou um amor maternal caloroso e imediato, sem o peso de avaliações e comentários.

    O pensamento seguinte é sobre Tan: se ele estiver vindo para a Quercetana, é muito provável que ele e Rosa se encontrem. Ela tirou dias de folga do trabalho no hospital para passar o feriado de Ferragosto com os pais. Faz muito tempo que não ficam juntos, e os Ossoni sempre consideraram o feriado de agosto mais importante que o Natal. Portanto, já está nos planos de Rosa passar uma semana na Quercetana, sem ir a Follonica, para onde Ari a convidou, ou ficar em Careggi para trabalhar. Em parte por causa da solidão que ela sente desde que não está mais com Alessandro, e em parte por causa do estresse de seu novo papel profissional como diretora do setor, a perspectiva dessas curtas férias desenha um horizonte importante. Finalmente, uma parada para descanso.

Casos de retinose pigmentar como o de Jeevika, a paciente indiana, são frequentes. Atrofias do nervo óptico, apesar das intervenções cirúrgicas, inexoravelmente levam à cegueira. Casos complexos de lidar, como são as primeiras consultas, os relatos de anomalias de visão. Um menino chega de Livorno acompanhado dos pais: a convite de Rosa, os três se sentam em frente a ela, pai e mãe ao lado do filho. Eles não intervêm na conversa, preferindo que ele fale. E o menino conta: nas praias brancas de Rosignano, em plena luz do dia, era domingo, ele tropeçou em um tronco que estava na areia, perpendicular ao mar. Um tronco grande, uma queda feia: torceu o tornozelo e, ao se esfregar na areia, esfolou a bochecha, mostra a Rosa a marca ainda vermelha e brilhante da escoriação.

"Como eu não percebi o tronco, você pergunta? Eu realmente não sei, doutora", diz ele, quase alegre – ao contrário dos pais, ele não parece muito preocupado. "E, sim, o pedaço de madeira era grande, escuro na areia."

"Você não o notou", Rosa repete com ele.

"Nada, nada! Muito estranho, foi na verdade a cor que eu não vi."

"O escuro do tronco, você quer dizer?"

Ele cora e murmura: "Sim, para mim... na frente dos meus olhos estava branco, tudo branco como a areia. Eu dei um voo e tanto!", acrescenta com um sorriso exagerado. "Poderia ter sido pior, eu poderia ter quebrado uma perna."

É um adolescente alto, magro e sardento, com cabelos ruivos e oleosos. O pai e a mãe continuam em silêncio: aquela dra. Ossoni, avaliada na internet como a melhor cirurgiã oftalmológica de Careggi, achavam que seria uma senhora madura, autoritária e experiente: não a jovem loira que está acompanhando a história do filho deles com atenção e cuidado. A surpresa aumenta o estado de ansiedade deles.

"Isso já aconteceu com você antes?", pergunta Rosa ao menino, que, enquanto isso, notou a fotografia do peixe na escrivaninha e ficou olhando para ela, fascinado.

"Não, nunca antes... Embora, pensando bem, outra coisa estranha tenha acontecido comigo. Em um sábado, há algum tempo: eu estava na discoteca com alguns amigos meus, estava dançando fazia um tempo quando, de repente, as luzes estroboscópicas meio que escureceram..."

"A mesma coisa lá, assim como na praia?", pergunta Rosa. "O tom da cor ficou uniforme de novo?"

A mãe ao lado dele estremece, Rosa intercepta seu olhar horrorizado.

"Sim, muito parecido; o clarão cintilante das luzes ficou distante, encolhido e escuro, um breu... Como se um véu negro tivesse se estendido diante dos meus olhos. Me deu tontura e eu tive que me sentar, estava cambaleando..."

Os pais não parecem estar cientes do incidente, pois começam a se mexer em suas cadeiras, e o pai diz algo ao filho sussurrando em seu ouvido. Rosa fica em silêncio, escrevendo algo com a caneta. É claro que ela não comunicará um diagnóstico de improviso: é óbvio, e profissional, que ela mantenha qualquer hipótese para si mesma por enquanto. "Com diligência, habilidade e prudência e de acordo com a equidade": recitadas no dia da formatura, no momento de fazer o juramento, e nunca esquecidas, as palavras de Hipócrates.

Outros casos, diferentes em sua anamnese e em seu curso, foram acompanhados com a máxima precisão, na consciência de seu papel como diretora clínica, embora Rosa tenha cultivado um sonho secreto desde seus anos de especialização. Sua ambição seria mudar a profissão em parte: lidar com neuro-oftalmologia, sim, mas sob a perspectiva da inteligência artificial. Um ramo de pesquisa ainda pouco desenvolvido, mas fundamental, seguido por equipes internacionais de prestígio. Fazer parte de um desses grupos de pesquisa avançada seria o objetivo maior na linha reta de sua carreira. Um sonho confessado apenas a Enrica, durante uma de suas conversas na Quercetana. Mais uma vez, encontrando seu incentivo e apoio incondicional.

"Envie seu currículo, experimente, Rosa! Se você conseguiu se tornar uma cirurgiã importante na sua idade, é bem possível que a aceitem em uma dessas equipes. Confie em você mesma, primeiro. Se preferir que eu não fale, é claro que não direi nada aos seus pais; mas considere que, mesmo que eles soubessem, ficariam muito orgulhosos. Mesmo nesse campo, você teria sucesso, terá sucesso. Seria, será preciosa, necessária, Rosa: como sempre é." Palavras entusiasmadas, da mais alta estima, pelas quais Rosa se sentiu lisonjeada e apoiada, e até um pouco envergonhada.

Tudo é barulho na cidade; na Quercetana, por outro lado, a vida flui longe de todo o burburinho. Ainda mais porque ela não mora lá, todas as vezes em que Rosa chega, sente como se lá em cima as coisas se acalmassem, ficassem mais claras, recuperassem a beleza, a clareza.

Quando ela volta a Florença, no entanto, a cidade também é calma e pacífica; ainda é domingo, a noite de um domingo de agosto. Depois de estacionar seu carro na garagem que aluga perto de Santa Maria Novella, Rosa chega à Via dei Palchetti, sua rua. O ar quente sobe do asfalto, mesmo agora que o sol já se pôs há muito tempo; deve ter sido um dia muito quente na cidade, são quase vinte e duas horas e ainda está fervendo. A Via dei Palchetti é uma rua curta e estreita; o silêncio no apartamento de um cômodo é total quando Rosa entra. Com a comida que sua mãe lhe deu, cuidadosamente arrumada em uma sacola de plástico do supermercado Coop, Rosa prepara o jantar; faz uma omelete com ovos frescos, acompanhada de tomates coração de boi colhidos no jardim por Mario pela manhã. Arruma a comida na mesa de centro, em frente à cama e à televisão, e janta aproveitando esse momento de liberdade. É bom estar sozinha novamente depois do fim de semana passado na Quercetana; fazer tudo no seu próprio ritmo, sem a presença de ninguém. Na televisão, encontra um seriado daqueles em que acontecem coisas o tempo todo, mas cujo enredo é complicado de acompanhar. É difícil respirar por causa do calor, vai ser uma noite sufocante, Rosa já sente falta da Quercetana. Ela desiste de assistir ao seriado, desliga a televisão, lava os poucos pratos e os enxágua. Como no saguão do Casarão, sente-se de novo assolada e inquieta com as lembranças, como quando olhava a fotografia de Tan. Dividida entre o passado e o presente, é assim que Rosa se sente agora: dividida entre a Quercetana e Florença, entre duas mães (Paola, uma mãe real, Enrica, uma mãe possível), entre os Ossoni e os Manera, duas realidades familiares que dominaram sua vida quando criança e também agora, como adulta e "com seus próprios pés", de forma menos palpável, mas que continuam a ser sentidas como opostas.

Na hora de dormir, ainda está agitada; por um momento pensa em se masturbar, desacelerar essa onda de pensamentos dando a si mesma um espasmo de prazer – a ideia, no entanto, se vai e ela não o faz.

As pás do ventilador de teto funcionando na velocidade máxima movem o ar, mas não o suficiente, e Rosa, em parte porque está inquieta, em parte por causa do calor, não consegue dormir. O dia seguinte, como toda segunda-feira, será o dia do pronto-socorro: dez, onze horas seguidas de alarmes, urgências, consultas, pareceres. O início da semana é o período mais movimentado de Rosa, agora seria importante descansar, dormir tranquilamente; mas nada, o tempo passa e ela continua revirando na cama. Ela deve ter colocado muito sal na omelete porque está com muita sede e, quando finalmente se levanta para ir à cozinha beber alguma coisa, com um sobressalto, percebe que seu celular está em cima da geladeira e se dá conta de que está desligado desde o dia anterior.

Liga-o de imediato, nunca se sabe, pode haver mensagens importantes; o ícone verde piscando marca duas mensagens recebidas. Ambas são de Adele Prieto, a filha de seu paciente. Rosa não tem vontade de lê-las agora, no meio da noite, com aquele calor. Vai dar uma olhada nelas na manhã seguinte, não pode esquecê-las e não vai, ela é sempre muito correta em se lembrar de fazer algo que já anotou mentalmente, sem marcar na agenda ("ótima organização mental", Alessandro a elogiava, mais uma vez dando-lhe apoio).

Mais uma vez, com a luz apagada, as imagens e os pensamentos voltam a aparecer. Aquela vez no buraco, quando ela se aproximou de Tan e ele a afastou com raiva: Rosa se vê correndo, apoiando os pés e as mãos nos torrões de terra seca, depois tateando o caminho para casa e finalmente dormindo, chorando. Algumas lágrimas, uma ferida que já queimava naquela noite. No buraco, como Tan gritara com ela, com um ressentimento quase odioso. O relacionamento deles terminou naquele instante, Rosa diz a si mesma agora, anos depois, enquanto se debate entre os lençóis, encharcada de suor, como seu cabelo.

Na sala, o ar está parado e, para piorar, há também o caminhão de lixo estacionado logo abaixo, na esquina da rua. Devido à estreiteza dela, todos os sons ecoam, e ao rugido do motor em funcionamento soma-se o tinido metálico de toda a operação: o rangido das lixeiras içadas e esvaziadas dentro do caminhão, depois o estrondo dos objetos quando caem no fundo. Um barulho que incomoda Rosa, que perturba sem acalmar o fluxo convulsivo de seus pensamentos.

É a primeira vez que a lembrança daquela noite no buraco volta à tona. Talvez seja o efeito de ter olhado a fotografia de Tan por tanto tempo no dia anterior. Ou talvez seja porque ela tenha ouvido de Enrica que ele está prestes a chegar, e é quase certo que Rosa o encontrará na Quercetana. Talvez; o que é certo é que, até agora, ela nunca se permitiu repensar aquele episódio, entrar em contato de novo com aquele sentimento de mortificação depois que Tan se separou e se distanciou dela com rancor, rápido como um raio, venenoso como uma cobra. Irreconhecível.

Menos de um ano depois, ele foi para um colégio interno em Milão. Sem nunca mais encontrá-lo, apenas cruzando com ele algumas vezes ao longo dos anos, por acaso e de longe, Rosa seguiu em frente com seus pensamentos, ou pelo menos fez de tudo para que isso acontecesse. Sua ferida não tinha mais a chance de se alimentar, de se manter viva. Por ter sido escondida, silenciada, ela se tornou invisível aos olhos de Rosa.

Nova era na Quercetana após a partida de Tan. Estações que se seguiam, iguais umas às outras: estações tristes. Em pouco tempo, o buraco cobriu-se de hera, urtiga, mato e arbustos. A terra solta ficou seca, toda rachada. As janelas da casa, onde Enrica agora vivia sozinha, estavam sempre fechadas, e Rosa se sentia sem fôlego de tão melancólica quando olhava para elas. Tan era visto raramente na Quercetana, sempre acompanhado por outras pessoas (voltar sozinho provavelmente lhe era difícil). Uma vez com um amigo do colégio interno; outra vez com primos (primos de segundo grau, sobrinhos de sua tia Mara); outra vez ainda na companhia de uma garota, sua namorada, foi o que Rosa pensou imediatamente. Mais alta que Tan, falante, um nariz grande e feio: ao vê-la caminhando com ele perto dos oleandros, Rosa logo a achou muito antipática. Ao se cumprimentarem de passagem, ambos se sentiram desconfortáveis, abalados ao se verem. No final das contas, era melhor assim, essas trocas de palavras reduzidas ao mínimo falavam a verdade, pensava Rosa: expressavam a distância que havia sido criada entre eles, aquele longo rastro de vazio e silêncio.

Depois, com exceção de algumas viagens, algumas amigas, Alessandro e, por meio dele, o encontro com o mergulho com snorkel, para Rosa, o tempo não passou de um desafio contínuo. Ter sucesso na profissão, ter bastante sucesso, na melhor das hipóteses. Ela havia introjetado as esperanças de seus pais, quase como se fosse tarefa de Rosa resgatar suas vidas desprovidas de estudos e diplomas. Nunca olhar para trás: fazer isso lhe tiraria a energia e ela não deveria permitir que isso acontecesse. A atenção é uma pluma escondida: olhar para trás poderia distraí-la, enfraquecê-la, enganá-la. E Rosa não queria isso a nenhum custo.

O impulso que a levara a seguir em frente foi este: ir mais longe – além de Tan. Ela nunca, ou quase nunca, pensou nele de novo. E, no entanto, aqui está, a lembrança daquela noite juntos no buraco ressurge agora – tantos anos depois, em uma noite de insônia e muito quente. São quase duas da manhã e o termômetro na esquina, pela janela, mostra sensação térmica de vinte e nove graus.

"Com licença, Ossoni, preciso deixar um garoto entrar agora mesmo! Ele está no corredor há dez minutos, vejo que está com uma aparência muito ruim... ou devo mandá-lo já para o Gianluca para examiná-lo com a lâmpada de fenda?"

Ari bateu e, ao mesmo tempo, abriu a porta do escritório, sem esperar. Rosa está ao telefone com Berardotti; aposentado do hospital, Berardotti dirige uma clínica particular em Pontassieve. Além de enviar pacientes um para o outro, ele e Rosa pedem conselhos um ao outro com frequência.

Arianna acena com a mão para dizer: "máxima urgência". Embora incomodada com a interrupção, Rosa se apressa em encerrar a ligação.

"Diga, Ari."

"Um garoto. Caiu da moto em uma curva, foi parar em um arbusto, e um espinho da planta entrou direto no olho dele. Um espinho grosso. Ficou preso na córnea. O que eu faço, trago ele aqui para você ou subo?"

"Sobe, sobe! Melhor é o diagnóstico com a lâmpada de fenda, vou olhar diretamente por ela."

Rosa não tem dúvidas: a coisa mais urgente a ser verificada é se há uma ferida perfurante na córnea. Desanimada, olha para a foto do peixe: é apenas segunda-feira, mas ela já se sente muito cansada, despreparada para o grande esforço que se aproxima na sala de emergência.

O exame com a lâmpada, quando Ari traz o resultado por escrito para Rosa, mostra uma lesão grave na córnea e um dano grave no assoalho orbital, isso devido ao impacto da queda da motocicleta. Rosa prescreve dois colírios diferentes, um esparadrapo e um novo exame no dia seguinte, quando decidirá se o garoto deve ser hospitalizado. Pela primeira vez, Rosa deixa a tarefa de comunicar o diagnóstico à família (que chegou nesse meio-tempo) para Arianna. Ela sai: mesmo que a umidade não a ajude, precisa muito de ar.

Em um vão entre as estruturas de concreto e vidro do hospital, no gramado descascado, há um gato dormindo ao sol. Seu focinho está remelento, ele está exausto pelo calor, sua respiração é ofegante. Ao redor, além dela e do gato, não há mais ninguém. Rosa está cansada: seu fim de semana em meio a ondas de lembranças, indo e voltando como uma maré, a desestabilizou – ela se perdeu um pouco nessa maré. Tenta acariciar o gato, e o preguiçoso a deixa. Se algum dia ela vir Tan novamente (e tem certeza de que o verá), precisa estar calma, alerta, em plena posse de si mesma. Depois de formular sua intenção, Rosa retorna ao hospital. Vai até a enfermaria e, com energia, diligência e lucidez, continua trabalhando e lidando com as emergências até a noite.

TERCEIRA PARTE

Há uma lua cheia branca, no alto do céu, uma lua severa, mas também doce, na noite em que Tan chega à Quercetana. Rosa ainda está acordada, na cama de seu quarto de menina (que permaneceu idêntico, exceto por alguns pôsteres retirados da parede e os livros e o coelho de pelúcia, Ino, que foram levados para a Via dei Palchetti). O barulho do motor de um carro quebra o silêncio do campo. "Deve ser Tan", pensa Rosa, e ao pensar isso, instintivamente apaga a luz, como se quisesse esconder o fato de que está ali, ainda acordada àquela hora.

 Ela está na Quercetana há dois dias, animada com a boa intenção de descansar e ficar com seus pais, a quem tem visto pouco ultimamente e sempre com pressa. Como se tivesse dito suas intenções em voz alta, Rosa já sente uma atmosfera mais relaxada que o normal ao entrar na casa: mais expansiva. "Você realmente nos deu um presente vindo para cá", diz Mario a ela na primeira noite, quando estão prestes a se sentar à mesa no jardim. Paola concorda com a cabeça e Rosa sorri. Ela aprendeu a apreciar seus pais, a considerar seus pontos fortes: a resiliência que eles demonstram ao lidar com a vida repetitiva e isolada de caseiros. Tenazes, embora em visitas recentes Rosa os tenha visto cansados e, especialmente o pai, envelhecidos.

Desde que Rosa mora em Florença, essa é a primeira vez que ela e seus pais convivem por mais tempo do que os dois dias de um fim de semana. Já na manhã seguinte à sua chegada, Rosa se oferece para ajudar a mãe na cozinha, e Paola, em vez de dizer não, como de costume, aceita. Rosa prepara uma caçarola de alface e vagem (receita de Ari): depois de escaldá-los, ela mergulha os legumes em uma massa de ovos, água, farinha e uma pitada de noz-moscada, mistura bem, polvilha a mistura com farinha de rosca e leva ao forno. "Que delícia", comenta Mario durante o jantar, e Paola, com um gemido, se junta ao elogio. No dia seguinte, é a vez de uma geleia que Rosa prepara com ameixas colhidas com o pai na árvore que fica nos fundos da casa, lindeira ao Casarão. O resultado é perfeito, nem muito líquida, nem azeda, nem doce demais, sem fragmentos de casca, dada a paciência meticulosa com que, enfrentando o calor, Rosa passou a manhã inteira peneirando as frutas após o primeiro cozimento. Ela gosta de cozinhar, isso a relaxa, a distrai, e em Florença ela nunca tem tempo, a cozinha do apartamento em Via dei Palchetti não lhe oferece o espaço adequado para isso (ao contrário da cozinha da casa dos Ossoni, que é funcional e bem equipada).

Sentir-se em casa mostrando aos pais um novo eu, através dos gestos adultos de uma domesticidade cotidiana que Rosa vem praticando sozinha há algum tempo. Ela também prepara outros pratos, arroz com abacaxi e pistache acompanhado de salada de milho, rúcula e grão-de-bico, salada de kiwi, morangos e ameixas. Mario e Paola apreciam esses sabores que são novos para eles, e Rosa fica feliz: por meio da comida, se comunicam de uma nova maneira e isso a faz se sentir bem. Então, na segunda noite, ela decide compartilhar outra coisa também. Começa a falar sobre o mergulho com snorkel, algo que nunca havia contado aos pais.

"Vocês precisam ver! E talvez vejam – sim, poderiam vir comigo uma vez, para Talamone, ou para a ilha de Elba, onde espero voltar no outono..." Eles ouvem isso um pouco sem assunto, Mario com uma risadinha envergonhada, Paola se contorcendo enquanto, em seu gesto habitual, balança a cabeça e os cachos de seu permanente. "Ir com você, Rosa? Não sei!", diz a mãe, pela primeira vez animada. "Seu pai nem sabe nadar; talvez eu consiga, mas ele corre o risco de se afogar!" Eles riem juntos, os três, felizes, calmos, em paz, o momento é esse.

Uma manhã, Rosa tem tempo de voltar para debaixo do "seu" carvalho e lá encontra sombra e silêncio, mas também mosquitos, cigarras ao longe, uma sensação de exaustão que lentamente se acalma; descomprimir a adrenalina do trabalho leva tempo, é um processo lento, um pouco como quando você tem que se recuperar de uma imersão com apenas alguns movimentos das pernas, e sua respiração espera em apneia, e seus pulmões esvaziados se contraem, e a luz que se filtra pela superfície da água Rosa também sempre tem a impressão de que está à espera dela.

A pedido de Enrica, Mario está se dedicando a terminar a manutenção da piscina no início do verão. A piscina foi ideia do Advogado, um projeto realizado pouco antes de ele deixar a Quercetana para se mudar definitivamente para Florença. É um bloco único, retangular, longo e largo, acima do solo, de concreto reforçado, revestido de fórmica por dentro e madeira por fora. Como todos os anos, Mario limpou os filtros e clorou a água nas dosagens certas; quando, a convite insistente de Enrica, Rosa finalmente decide usá-la, sente que a piscina é perfeita. No silêncio do início da manhã, a água azul-turquesa e cristalina brilha.

Ela subiu assim que acordou, com os chinelos nos pés e o roupão de microfibra que trouxera de Florença. Rapidamente, subiu a trilha, cheia de energia naquela hora ainda fria, o espetáculo de cores ao redor era magnífico, o azul da água clorada e do céu, os diferentes tons de verde de cada árvore, sebe, arbusto, o amarelo brilhante do campo de girassóis ao longe. Uma paz justa interrompida pelo chilrear das cigarras, e, depois que Rosa mergulhou na piscina, pelo bater das pernas e dos braços enquanto ela nadava estilo *crawl*, não perfeito, mas preciso e regular.

A atenção é uma pluma escondida, ao acordar Rosa pensou no motor do carro que tinha ouvido à noite, mas logo se esqueceu, também porque, ao caminhar até a piscina pelos fundos da casa, não viu o carro estacionado no caminho de cascalho. Então, quando, depois de terminar de nadar uma raia, ela emerge para recuperar o fôlego antes de encarar a próxima e encontra Tan em pé na sua frente, Rosa toma um susto. Encara-o, estupefata; justamente quando deveria estar recuperando o fôlego, ela o perde.

Ele está de pé na borda da piscina; sorrindo, pois há algum tempo deve estar observando-a nadar. Tan, seus olhos azul-escuros, sua luz inconfundível, irônica, provocativa, um pouco arrogante. Há quanto tempo Rosa não os vê apontados para ela – e, no entanto, como se nem mesmo um dia tivesse se passado, a partir daquele olhar ela volta a se sentir atravessada. Exatamente como ela se lembrava.

A primeira impressão é de que ele cresceu: está mais robusto, ainda mais alto, é o que Rosa percebe. O corte de cabelo muito curto realça as características marcantes que ela viu recentemente em fotografias, o maxilar forte, a covinha no queixo, as sobrancelhas grossas. Ele deve ter acabado de acordar, seu rosto está sonolento, até mesmo a calça de moletom larga e esfarrapada e a camiseta velha que ele usa lembram um pijama (em termos da aparência desalinhada, nada mudou).

"Oi, Rosa, quanto tempo!"

Ela se agarra à borda cimentada da piscina para se erguer e, uma vez fora da água, corre para o deque da piscina, rápida, ágil, o mais casual possível enquanto se cobre. Quando está trabalhando, é capaz de lidar com emergências e imprevistos de todos os tipos; aqui ela está lutando, desajeitada, completamente perdida na frente de Tan, e daquele jeito, ali, seminua.

"Venha até a casa tomar um café, sim?", ele propõe, já no caminho e pronto para ir. "Eu faço, a menos que minha mãe já tenha deixado a cafeteira pronta."

"A Enrica não está?", pergunta Rosa enquanto caminha atrás dele, a passos curtos para não escorregar, com os pés molhados arranhando o plástico dos chinelos.

"Ela foi para Florença; quando cheguei ontem à noite, me disse que tinha tarefas a fazer antes do grande fechamento para o Ferragosto."

"Grande fechamento": esse uso da língua italiana de Tan é sempre surpreendente. O sorriso que dá para Rosa é gentil, paquerador, mas tímido; ele também, como ela, está ansioso para estar à altura da ocasião, para mostrar que o encontro inesperado deles não o constrange de forma alguma. O grande gramado em frente à casa foi recentemente plantado pelo pai de Rosa, e agora, depois de saírem da pequena trilha, eles pisam na grama perfeitamente cortada, andando juntos, Rosa agarrada em seu roupão de banho, Tan virando-se para olhá-la de vez em quando, curioso, com a cabeça um pouco nas nuvens, quase como se a estivesse notando pela primeira vez.

"Você está ótima", diz a ela enquanto estão na cozinha, esperando o café ficar pronto. "Ouvi dizer que o trabalho está indo muito bem pra você, e dá para perceber!" Ele fala com leveza, seu olhar cúmplice mais maroto e sedutor do que Rosa se lembrava. Ela fica em silêncio, incapaz de encontrar algo para dizer em resposta, mas Tan preenche o silêncio com a mesma fala casual de quando era criança e brincava de inverter as palavras. Acima de tudo, está curioso sobre Rosa, faz perguntas a ela como faria a um estranho, não à amiga de infância encontrada por acaso na piscina da Quercetana, o lugar que é sua casa, mesmo que ele volte lá muito raramente, aonde chegou quando era menino e onde depois cresceu, onde muitos anos antes tinham sido amigos, companheiros inseparáveis. Até determinado momento, e depois não mais.

Sem se esquivar das muitas curiosidades de Tan, Rosa consegue, no entanto, evitar falar sobre si mesma. Sobre o trabalho, ela prefere dizer o mínimo possível, pois isso seria uma comparação escorregadia e competitiva (a diferença entre ela e Tan em termos de sucesso profissional é muito grande). Assim como fez com seus pais duas noites antes, decide contar a ele sobre o mergulho com snorkel: certamente a coisa mais emocionante para dizer sobre sua vida nos últimos dez anos, quando eles se cruzaram pela última vez, sem nunca mais terem se falado. Rosa se detém nos detalhes: conta sobre as viagens à ilha de Elba "com um amigo" (ela tem o cuidado de não falar sobre Alessandro); sobre as muitas horas passadas embaixo d'água, com o olhar fixo na captura de miríades de peixes. Toma seu café e, enquanto isso, conta e conta mais uma vez, finalmente relaxada: a vida maravilhosa que sempre sente flutuando enquanto avança pela água com alguns movimentos das nadadeiras. Ela descreve a si mesma, invisível entre aqueles cardumes pontiagudos em forma de constelação, a tainha gorda, o linguado largo e achatado, o dourado e os peixes-escorpião, as arraias e as sardinhas. Todas as vezes milagrosas em que ela avistou esses peixes adormecidos no leito arenoso do mar; ou como eles passam, com súbitas sacudidas que são como lampejos de cometas diante de seus olhos, centenas e centenas de sargos, grandes atuns de olhos redondos, outros peixes mais coloridos, como os da foto que Rosa mantém emoldurada em sua escrivaninha no hospital (isso sim ela conta a Tan).

"Puxa, deve ser uma loucura", diz ele, olhando-a nos olhos. "Tenho um amigo em Milão, ele também gosta de mergulhar com snorkel. Acho que ele também faz mergulho com cilindro, você já experimentou?"

"Não, nunca", diz Rosa. "Eu teria medo de colocar meus pulmões sob tensão. Prefiro assistir ao show assim... e já é muito, acredite."

Depois, ela pede para ir ao banheiro e, quando volta à cozinha, encontra Tan pronto para acompanhá-la até a entrada. É hora de se despedir, sem terem dito isso um ao outro, ambos o pensam. Ela já está na porta, Tan se olha no espelho do corredor, pendurado ao lado da reprodução de *As passadeiras*, de Degas, tantos anos antes escolhida por Enrica para a chegada dele vindo de Tighina. "Realmente pouco apresentável", ele diz, olhando para si mesmo com desaprovação divertida, em vão, e depois mais seriamente para Rosa: "Tenha um bom dia, então. Talvez eu te veja de novo, se você quiser. Vou ficar pelo menos até a próxima terça-feira, talvez até mais alguns dias".

Um "sim" muito tímido é a única resposta, enquanto ela cora de emoção (como ela tem a pele clara, quando isso acontece fica imediatamente óbvio). De volta em casa, é hora de passar por Paola, que está prestes a ir até a vila para fazer compras (é raro ela ir sozinha e dirigir, mas acontece de vez em quando). Rosa a vê sair e depois vai se deitar na espreguiçadeira do jardim. Está agitada, precisa relaxar por pelo menos dez minutos. Fecha os olhos, vê (ouve) novamente a conversa com Tan: como foi fácil, como foi natural conversar, numa dinâmica tão diferente do passado. Ele estava cheio de perguntas, de curiosidade por ela. Ele estava à escuta dela, e não o contrário. E como foi que ela conseguiu colocar na cabeça a ideia de falar sobre mergulho com snorkel, ela agora se censura; teria sido mais sábio e prudente buscar uma troca impessoal, não se lançar naquela história vibrante sobre a vida subaquática dos peixes. Além disso, quanto tinha falado, droga! Demais, com uma avidez excessiva. Que impressão estranha Tan deve ter tido dela.

"Você estava comigo enquanto eu nadava e mergulhava com snorkel, estava sempre comigo, mesmo que eu não percebesse que pensava em você", Rosa poderia ter dito a ele, se tivesse deixado seus instintos falarem sem inibi-los com autocontrole. Mas chega de devaneios, chega de remoer aquele encontro matinal: ao entrar de novo na casa, Rosa depila as pernas com depilador elétrico no banheiro, depois liga para Federica, sua antiga colega de escola com quem nunca rompeu relações. Se por acaso ela não tiver saído de férias, poderiam se encontrar no vilarejo, na lanchonete administrada por seu pai. Federica atende em Salina, está se preparando para uma viagem de barco e tem pouco tempo. Conversam rapidamente sobre qualquer coisa, uma troca afetuosa e desajeitada. Rosa tem a sensação de que se tornaram mais distantes, de que o tempo fez sua intimidade desaparecer.

À noite, assim que o jantar termina, diz que sente uma forte dor de cabeça e vai para o quarto. Está mentindo, não está com enxaqueca, mas foi um dia estranho e ela precisa muito ficar sozinha. "Encontrei o Tan no Casarão e ele me pediu seu número", diz a mãe antes que Rosa se levante; ao dizer isso, tenta observar a reação no rosto da filha, mas não consegue registrar nenhuma.

Deitada na cama, Rosa se esforça para ler um livro que Ari lhe emprestou (uma fantasia, um tanto entediante) quando o telefone vibra com uma mensagem. Remetente desconhecido: "Quer ir a Florença comigo amanhã?". Três minutos em apneia antes de responder: "Ok, vamos, sim" – o coração de Rosa dispara, quase explode.

Naquela noite, ela sonha: os peixes, ela nadando e os observando. Imagens confusas e sobrepostas, fora da água aparece Arianna, que desaparece imediatamente, Rosa volta a mergulhar a cabeça no mar e a se mexer, tudo é fluido, a sensação de líquido é vívida, material, o mar abraça seu corpo, o contém, embala, tudo parece tão loucamente real, não é um sonho, a sensação real de estar nadando, verdadeira e suave a carícia da água.

Florença (que ela deixou há poucos dias) no calor sufocante de meados de agosto certamente não é uma perspectiva tentadora, mas a ideia de ir para lá com Tan a faz sair da cama feliz na manhã seguinte. Opta por usar o vestido de bainha de viscose azul que levou (e não vestiu) em sua última visita à Quercetana. Em contraste com seu cabelo loiro, o azul-escuro lhe cai muito bem. Nos pés, calça sandálias Camper, baixas e confortáveis. Está quente, é melhor não usar sombra nos olhos: Rosa passa apenas o rímel e uma linha fina de delineador, aplicando a maquiagem com cuidado, não com a pressa superficial de quando vai ao hospital. Uma saída com Tan a aguarda, algo que ela nunca teria imaginado quarenta e oito horas antes, uma perspectiva que a confunde e a eletriza, como um choque elétrico.

Turistas, de sandália e bermuda, turistas por toda parte, em massa, para se proteger do sol alguns seguram guarda-chuvas abertos sobre a cabeça, outros usam bandanas com viseiras ou chapéus de palha, de abas largas ou estilo borsalino, comprados talvez um pouco antes em um dos quiosques em frente à estação. Shorts e saias curtas deixam à mostra coxas feias e bonitas, e cada corpo é uma variedade de parafernálias, óculos escuros, bolsas a tiracolo, garrafas de água e os sempre presentes celulares, alguns pendurados em bastões de selfie para tirar fotos. Turistas exaustos pelo calor, mas ainda assim marchando destemidos, vagando, vadiando, passando da rua para a calçada, atravessando a Ponte Vecchio e as pontes próximas, passeando ao longo do Lungarni, entrando em igrejas distraidamente. Turistas ávidos pelas maravilhas da arte vistas pela primeira vez na internet e que agora devem ser imortalizadas com pressa, tirando fotos de si mesmos com obras-primas ao fundo, fotos para enviar a parentes e amigos distantes, divulgando-as em redes sociais, a qualquer custo, desde que seja imediatamente, em tempo real.

 Apesar de morar em Florença, Rosa raramente encontra algum turista: sua trajetória diária, todos os dias da Via dei Palchetti até Careggi e vice-versa, não é percorrida por esse tipo de multidão, que ela agora se esforça propositalmente para ignorar. Tan também não parece notar nada: caminha como alguém que sabe para onde vai, precedendo Rosa como se fosse guiá-la pela cidade que conhece (e de que se lembra) muito pouco. Está desorientado, e Rosa percebe isso pelo fato de que, em cada cruzamento, ela o vê virar a cabeça para a esquerda e para a direita em busca de pontos de referência que não consegue encontrar. Eles estão indo para os Jardins de Boboli, e Tan, por mais que tente esconder, não sabe o caminho. Estranho esquecimento, Florença deveria, em teoria, ser familiar para ele, ele viveu lá, ainda é uma raiz para ele, mesmo que adquirida, Rosa pensa enquanto caminham pela Via Romana, uma rua estreita e sombreada. Bases sólidas, tanto Florença quanto a Quercetana, bases seguras oferecidas a Tan em sua infância e adolescência como filho adotivo, mas bases que ele não escolheu, das quais não tomou posse.

Avançam na direção oposta à do rio de turistas que vêm dos Jardins de Boboli. Rosa vai na frente de Tan e ocasionalmente se vira para ter certeza de que ele a segue. O calor é insuportável, mas, graças a Rosa, eles evitam as ruas mais ensolaradas. Tan parou de fingir ser o guia que não sabe ser, agora confia em Rosa. Caminham sem se falar, um silêncio que fala do cansaço de estar na rua naquele calor, mas no qual eles também percebem outra coisa, a intensidade de uma estranha tensão que se acumula espontaneamente, uma expectativa impalpável – algo vai acontecer, mas eles não sabem o quê. Rosa parou para comprar uma garrafa de água e bebe o tempo todo; no ritmo convulsivo de seus dias no hospital, muitas vezes ela se esquece de fazê-lo, mas agora ela se hidrata, o faz com regularidade, com o cuidado de se proteger, ela que, loira e clara como é, sofre muito com o calor.

Em Boboli, a multidão é impressionante, uma fila interminável ocupa toda a Piazza de' Pitti.
"Chega, vamos voltar, vai, Tan."
"Ok."
De volta na direção do Lungarno, em vez de atravessar a Ponte Vecchio outra vez, viram à esquerda e avançam até onde tudo está silencioso, calmo e deserto e tão quieto quanto a água do Arno além dos muros, água estagnada de um marrom terroso e esverdeado. Não muito longe está o apartamento onde Tan morava com o pai (e onde Giovanni Manera ainda mora com sua secretária e agora noiva, Michela: eles agora estão de férias na Grécia, Tan disse a Rosa). Ele, no entanto, nem percebe que está perto de sua casa, pois está atônito – atônito e perdido.
"Vamos para Santa Croce, pode ser?", propõe Rosa. "Tem um bar legal, às vezes vou lá com a Arianna."
"E quem é a Arianna?" Eles voltam para o centro, novamente abrindo caminho em meio a hordas de turistas; chegaram a Santa Croce não só eles, mas também muitos jovens sentados nos degraus do pátio da igreja, preparando-se para a cerimônia do pôr do sol. Ali, todos juntos em uma noite de verão, a atmosfera é vivaz, animada, mas é quase Ferragosto e dá para perceber, o ar está parado, uma estranha bolha surreal na qual se flutua suavemente, respirando com dificuldade.
"E que tal um drinque?", diz Tan, e Rosa acena com a cabeça, um sorriso quase inexistente, pois está cansada demais para reagir. Sentam-se à única mesa livre do bar que fica na praça, pedem dois gins-tônicas, Tan frisa ao garçom uma dose extra de gim, "Tanqueray, se possível, obrigado", especifica em um tom conhecedor que encanta Rosa.
Sente-se imediatamente revigorado pelo coquetel assim que toma o primeiro gole. "Em Milão também é quente como o

inferno, mas aqui é pior, é uma l-o-u-c-u-r-a, realmente, não esperava tanto. Não que seja a melhor coisa vir para a Quercetana no meio de agosto, sejamos honestos. Mas minha mãe queria muito, e desta vez eu também. Não posso não aparecer nunca."

Rosa tirou um cubo de gelo do copo e, para se refrescar, passa-o nos pulsos e antebraços. O gotejamento do cubo ao derreter é um alívio delicioso que a faz sorrir de prazer.

"Como é viver em Milão?"

"Dizer que é bom seria demais... mas estou bem com isso, não posso reclamar."

Deve ser o efeito do gim-tônica, a expressão de Tan fica mais séria, ele encara Rosa e ela percebe que está prestes a falar sobre coisas "verdadeiras", nada de conversas superficiais. Mesmo agora, anos mais tarde, ela consegue ler aqueles olhos azul-escuros. Entrar naquele olhar e entender as coisas na hora.

"Foram anos muito estranhos, sabe, Rosa. No começo, eu nunca ficava sozinho no internato: simplesmente não conseguia. Estar com os outros me ajudava a esquecer todas as bagunças que eu tinha feito por aqui. Os silêncios, as portas batendo, as cenas com meus pais, as crises, até aquela em que eu quebrei o nariz daquele garoto em Bagno a Ripoli. Era difícil para mim pensar nessas coisas, a única maneira de inventar uma nova vida era estar com os outros: preencher minha vida com a vida dos outros."

Ele não escolhe as palavras, nem dá a Rosa a impressão de que precisa procurar nas memórias: o que quer contar está claro para ele, vívido em sua mente. "Amigos o quanto fosse, namoradas, encontros: o importante era não ficar sozinho comigo mesmo. Nos fins de semana, quando meus pais não iam a Milão, nos sábados à noite – o único momento em que se podia sair do internato sem horário obrigatório para voltar – eu saía.

Eu fazia de tudo: festas, bebida, ficava por lá até de manhã. Nos outros fins de semana, eles iam: ficavam em Milão dois, três dias, e a gente nunca se separava, só à noite. Eles estavam sempre preocupados comigo; eu estava mais calmo, bom em não reagir, mas podia sentir a respiração no meu pescoço da ansiedade deles e isso era cansativo. Mas estávamos bem, íamos a restaurantes em Brera, caminhávamos ao longo do Navigli, às vezes no Lago Maggiore, se meu pai ainda tivesse forças para dirigir depois de tanta rodovia."

"Bons tempos, pelo jeito que você conta."

"Sim, tinha harmonia, como ainda tem. Já faz muito tempo que a Enrica e o Giovanni não são mais um casal, mas ainda formamos uma família, de certa forma mais do que antes. Percebi o quanto eles me amam naqueles fins de semana que passamos juntos em Milão, mais do que durante todo o tempo na Quercetana. Se continuamos sendo um núcleo, apesar de tantas mudanças, é porque construí esse núcleo com a minha vinda para a Itália. É claro que os forcei a muitas confusões, esforços, tristezas, mas essas mesmas tensões também eram prova de afeto. Porque meus pais, sabe, Rosa, não deixaram de se gostar."

"Eu sei, claro que sei", ela se apressa em concordar, séria. Os assuntos dos Manera sempre lhe parecem próximos, tão contíguos quanto sua própria família. O cubo de gelo passado nos braços a refrescou, agora ela está com os cabelos presos em um coque, com os cotovelos apoiados na mesa e o rosto nas palmas das mãos – e ela é tão bonita, é o que Tan vê e pensa com um único olhar.

"É verdade que a Enrica está sozinha, enquanto meu pai está com a Michela, essa é uma grande diferença. Você já conheceu a Michela?"

"Não, ela nunca foi a Quercetana quando eu estava lá. Eu sei pelos meus pais que ela é uma boa pessoa..."

"Sim, é muito querida; e mesmo sendo dezessete anos mais nova que papai, é madura. Por exemplo, ela não tem nenhum ciúme do fato de ele e a Enrica ainda se gostarem."

Rosa acha afetuosa a hesitação de Tan entre chamar seus pais pelo primeiro nome e, em vez disso, de "pai" e "mãe". É também uma tentativa de manter o equilíbrio – de criar pontos fixos em uma geometria de afetos que, de outra forma, sempre correm o risco de ser uma aproximação.

Sobra só um restinho de gim-tônica no copo de Tan, ele bebe de um só gole. "Resumindo, eu fiz com que passassem por muitas coisas, mas talvez tenha sido também por isso que eles se mantiveram tão próximos, tão unidos: uma coisa bonita pela qual eu tenho crédito", ele conclui. Tira os óculos escuros e os coloca na cabeça, e lá está aquele olhar outra vez, aquela intenção azul que faz o coração de Rosa doer, agora como naquela época: idêntico.

"No entanto, tirando a Enrica e o Giovanni... as coisas mudaram e se inverteram, porque passou a ser tudo ao contrário." Depois de acender um cigarro que ele guardava, sozinho, no bolso da camisa, Tan retomou a história. "Parei de ver amigos e de procurá-los. Eu ficava sozinho, e quanto mais ficava sozinho, mais eu queria e precisava me isolar. E eu viajei; meu pai me dava dinheiro sempre que ia embora; ao contrário dos meus outros pedidos, o de ver o mundo nunca foi um problema para ele. Eu saía por uma semana, no máximo dez dias. Barcelona, Lisboa, Londres, depois Grécia, grande revelação. Fui para Icária, uma ilha lindíssima, você conhece?", diz Tan enquanto procura o garçom para pedir um segundo gim-tônica.

"Não, mas já ouvi falar", responde Rosa rapidamente.

"Lá, em Icária, aluguei um quarto em uma pequena vila, Akamatra. De vez em quando, conhecia alguns moradores locais, ou outros turistas como eu; fazia amizade com eles, passávamos tempo juntos. Fora isso, ficava sozinho e ficava bem. Ia à praia, mudava de praia todos os dias, pegava carona de uma para outra. O desafio era ser independente, não ter medo de nada, de ninguém – de nenhum silêncio. Me sentir forte assim, me mantendo sozinho. Eu estava na ilha no dia 15 de agosto, por acaso. O Ferragosto é uma época de grande celebração em Icária, como em muitos lugares da Grécia, descobri mais tarde. Uma noite, eu estava na praça em Akamatra, já tinha bebido muito vinho, as pessoas estavam dançando, em pares, em grupos, em círculos, e em determinado momento, na escuridão do céu, explodiu uma chuva brilhante de fogos de artifício: uma festa linda. E ali, em meio a essas comemorações, um pensamento me atravessou. Eu percebi que estava andando em círculos: que a viagem mais importante era outra, e era para minha casa na Moldávia."

Passa um grupo de turistas enfileirados, liderado por uma garota alta e muito magra, com o cabelo preso sob uma bandana de tecido felpudo com uma viseira de plástico. Ela segura um bastão com uma bandeira triangular vermelha hasteada e, com essa bandeira erguida, lidera o grupo. O destacamento passa a alguns metros deles, antes de desaparecer em uma rua lateral, e Tan não se vira para olhá-los. Conseguiu ser notado pelo garçom, e Rosa percebe que, no gesto de chamá-lo, sua mão treme. Deve ser emoção, quem sabe. Eles estão juntos, os dois. Tão íntimos, mas tão diferentes um do outro, novos: algo inimaginável até dois dias antes, ela pensa rapidamente antes de mergulhar de volta na história de Tan.

"De volta à Itália, conversei com meus pais: primeiro com meu pai, depois com Enrica. Voltar para a Moldávia, ver os lugares novamente: eu tinha certeza de que isso me faria bem, insisti que tinha que ir."

"Não deve ter sido fácil para eles aceitar que você estava indo."

"Foi difícil para eles, principalmente para Enrica. Meu pedido parecia uma acusação contra ela, um sinal do fracasso dela como mãe, algo assim. Mas ela entendeu, eles entenderam. Me incentivaram e me ajudaram nos preparativos para a partida."

"Tighina é uma cidade bonita?"

"Como você sabe que se chama Tighina o lugar onde me pegaram no orfanato?"

"Sua mãe me contou, há algum tempo, mais ou menos por acaso."

"Mais ou menos?", diz Tan sarcasticamente, com aquela ironia profissional que era típica dele no passado, quando era um garoto tão diferente do jovem que agora está contando essa longa história.

"Tighina... é bonita, sim, a fortaleza, as ruazinhas ao redor... Mas eu, assim que cheguei, vi tudo da maneira errada desde o início. Era primavera, mas o céu estava cinza constantemente, e eu sentia frio, de manhã cedo e à noite soprava um vento gelado, e eu não tinha levado as roupas certas. Fiquei quatro dias, uma eternidade, o tempo não passava nunca. Até o momento em que decidi ir ao orfanato; tinha ido lá para encontrar algo de mim, da minha primeira vida. É assim que eu chamo, sabe: 'primeira vida'."

"Quer dizer que você está na segunda agora, Tan?", pergunta Rosa, forçando um sorriso.

"Segunda ou quinta, certamente a primeira vida foi aquela, e eu estava procurando vestígios dela. No orfanato, encontrei pessoas duras, muito pouco dispostas a me ajudar. Tive que voltar lá mais duas vezes, então me entregaram um papel: meu nome de nascimento e meu sobrenome estavam escritos ao lado das minhas impressões digitais."

Rosa imagina o papel e parece vê-lo: a importância da ponta do dedo minúsculo de uma criança, a ponta do dedo guiada por uma mão adulta, mergulhada em tinta e depois mantida sobre o papel. As impressões digitais são o que mais nos distingue, a única característica realmente diferente em cada um de nós. Até agora, nunca no mundo foram encontradas duas pontas de dedo idênticas, Rosa estudou isso enquanto se preparava para o exame de Antropologia Médica. Aquela impressão: a vida de Tan.

"Eles me deram aquele pedaço de papel e, com ele na mochila, eu voltei para Milão. Em Tighina, eu estava fragilizado, exposto, muitas vezes tive vontade de chorar: estava contando as horas para ir embora. Depois, de volta à Itália, me senti bem. Eu me senti mais inteiro, mais... enraizado."

Então, com tantos detalhes, talvez seja a primeira vez que Tan conta essa história, é o que Rosa supõe, e a hipótese de ser uma interlocutora privilegiada a lisonjeia mais uma vez – uma fantasia de exclusividade como quando eram crianças, embora Rosa não pense no passado agora, ela não tem espaço para isso.

Estava envolvida de tal maneira que o contato da mão de Tan quando ele toca a sua, procura por ela e pressiona seus lábios nela, não a surpreende. A intensidade com que ele a beija, é como se Rosa estivesse esperando por isso, porque a intimidade ao longo da tarde, no silêncio da caminhada deles, desafiando o calor e as multidões, e depois sentados naquela mesinha na Piazza Santa Croce, só cresceu, inchou. Aproximou-os.

Rosa responde guiada pelo instinto: suas mãos acolhem a mão de Tan, os dedos deles se entrelaçam, sugerindo carícias, dedos que acariciam e se deixam acariciar. O coração acelera, galopa, é um crescendo de pulsações que Rosa chega a ouvir, e, enquanto isso, uma mordida se apodera do fundo de seu estômago. Roçar-se, tocar-se – tremer. Bem-vindo desejo, nunca ouvi você assim.

Beijam-se em uma esquina da Via Ghibellina, enquanto caminham de volta para o carro de Tan, estacionado onde Rosa geralmente guarda o dela, na garagem a meio caminho entre a Via dei Palchetti e a estação. Estavam caminhando, ele se virou como se fosse dizer algo no ouvido dela e, no gesto de se inclinar em direção a Rosa, com seus lábios, procurou os dela. Um beijo longo, muito doce, na boca de Tan Rosa sente o gosto forte do gim, bebe aquele gosto enquanto ele também com a língua a bebe, a preenche, a explora, vasculha entre os dentes, lábios que habilmente e cheios de desejo procuram, mordem, provam e depois se retiram e voltam para beijar de novo, tomar, tomar tudo, imediatamente. Um beijo que já é como fazer amor.

Rosa nem pensa em convidá-lo para ir ao seu apartamento. Há tempo, haverá tempo, mesmo que ambos estejam prontos, há tempo. Já é lindo, depois daquele beijo, dar as mãos e começar a andar de novo, depois parar, se aproximar de uma parede: beijar de novo. Voltam para a Quercetana e ficam em silêncio no carro. Tan colocou sua *playlist* no rádio do carro e agora a voz rouca e sensual de Concha Buika preenche o espaço. Mantém uma mão no volante e a outra na coxa de Rosa, sentada ao seu lado. Ela não se move, não muda nem um pouco sua postura sentada; a quietude a ajuda a conter a emoção que, de outra forma, ameaçaria dominá-la. Olha pela janela para a paisagem do campo ressecado, mas bem cuidado, aquela estrada que Rosa conhece de cor, cada curva, e que agora ela tem a impressão de estar percorrendo pela primeira vez. Seu baixo-ventre quase dói, com pontadas contínuas e uma sensação de calor difuso como um riacho que flui, como o eco distante de uma batida feliz. Mesmo pensando nisso, é difícil perceber que é realmente Tan que está ao seu lado, aquele que a beijou pouco antes, beijou-a por um longo tempo, beijou-a tão sabiamente, com aqueles lábios ardentes; é a mão dele que agora acaricia sua coxa e ela sente que está ficando molhada entre as pernas, e, enquanto isso, aqui contornam o campo de girassóis; na colina à direita, entre as árvores, vê-se o Casarão, aqui está a Quercetana ("casa" para Rosa, não para Tan). Difícil de perceber, sim: e, no entanto, são realmente eles, o passado e o presente pegaram um ao outro pela mão e, soprando suas promessas, eis que agora dançam juntos.

Durante o jantar, Rosa se esforça para agir como se nada tivesse acontecido. Paola preparou uma salada de arroz: aos ingredientes habituais (pepino, atum, ovo cozido, queijo gruyère, tomate-cereja, alcaparras, manjericão), desta vez ela acrescentou vagem cozida cortada bem pequena, algumas lascas de parmesão e uma pitada de pimenta. Como todos os seus experimentos culinários (variações livres de receitas), esse também é muito elogiado pelo marido e por Rosa. Mario levou um pote de sorvete comprado no vilarejo (zabaione, avelã, chocolate, sabores habituais na casa dos Ossoni). Pequenas atenções para dizer o quanto estão felizes pelo fato de Rosa estar com eles na Quercetana para passar aqueles dias festivos. Apesar de normalmente ser quieta, tímida ou se expressar de forma desajeitada, a felicidade de seus pais a comove, sem que ela sequer demonstre (a contenção é um código familiar, ao qual ela também adere naturalmente). Naquela noite, ela se retira para o quarto assim que termina de comer: "Florença com o calor que está fazendo realmente me cansou", diz para se desculpar. E não está mentindo, não está longe da verdade: sente as pernas inchadas e os pés dormentes e cansados, embora quando entre no chuveiro os veja em perfeitas condições (graças às sandálias Camper). Após o banho, deita-se na cama e, levantando as pernas, pressiona as solas dos pés contra a parede. Inverter o sentido da circulação do sangue sempre a ajuda (a posição "vela" promove clareza mental, ela aprendeu isso com Ari: quantas coisas Ari lhe ensina).

Ela vê Tan novamente no gesto de se abaixar para beijá-la e sente-se molhada novamente, a emoção pulsando entre suas pernas, mesmo assim, naquela estranha posição de cabeça para baixo. Ela se dá um chacoalhão, volta ao banheiro para escovar os dentes e, no espelho, se vê linda, radiante – em seus olhos, uma ousadia e uma malícia novas, nunca vistas antes.

Está prestes a voltar para a cama quando se lembra do celular. Estava desligado desde o dia anterior, mas Rosa o liga novamente pensando em escrever uma mensagem para Ari. Não pretende contar sobre Tan, mas sim algo sobre seu dia incrível. Ao ligá-lo novamente, ouve um bipe de mensagem recebida. Olha para a tela: remetente desconhecido.

"Você é linda. Linda, Rosa. Já estou aqui com vontade de te beijar outra vez. Nos vemos amanhã à noite, se você quiser. Boa noite."

Ela sorri, não responde, até mesmo desiste de escrever para Ari; em vez disso, para se distrair, para simular despreocupação consigo mesma, percorre as outras mensagens recebidas. Há três que não foram abertas, todas de Adele Prieto, a filha de seu paciente. Como ela pôde se esquecer de lê-las, caramba? Rosa ficou adiando, até que isso lhe escapou da mente. Seu coração bate forte, tão diferente do palpitar alegre de alguns momentos antes, enquanto, com as pernas erguidas e os pés pressionados contra a parede, estava ficando excitada ao pensar em Tan. Rosa, perturbada e agitada, se apressa a ler as mensagens e faz tudo de uma só vez. Em um único ato, toda a alegria desapareceu: ela sente apenas falta de ar, quase pânico. Mas como foi possível, ela continua se perguntando. Que esquecimento maldito e estranho, ela tão precisa, em suas comunicações, em seus deveres, tanto os mais importantes quanto os mínimos, em cada conjuntura e detalhe sempre exatos, em pleno controle da realidade. Como era possível ter se esquecido de lê-las?

Três mensagens, enviadas com um dia de diferença, mais de uma semana antes, Rosa verifica as datas. "Olá, aqui é Adele Prieto, filha de Massimo Prieto. Poderia me ligar de volta, por favor?"

"Bom dia, doutora, peço desculpas pelo incômodo, mas se puder me ligar de volta, é urgente."

A última é mais agitada, Rosa deduz pelos erros de digitação no texto: "Não sei se be as mias mensagens, ligue assim que poder, por favor dotora".

Para Rosa, os dias do Ferragosto na Quercetana deveriam ter sido calmos, tranquilos e até um pouco entediantes, com o trabalho e Florença fora de vista e fora da mente por algum tempo, graças a um esquecimento benéfico. Em vez disso, na manhã seguinte àquela em que foi para lá com Tan, Rosa volta outra vez. Vai ver Prieto: a filha dele, Adele, para quem ela ligou imediatamente, lhe contou o que havia acontecido. Ela estava prestes a entrar no carro quando passou pelo pai, que estava a caminho da piscina para ajustar os filtros de cloro, como faz a cada três dias. "Aonde você está indo, outra vez?", Mario pergunta, com uma voz de decepção impossível de esconder. "Não era para você ficar aqui conosco e descansar?"

"Uma urgência, papai, um assunto com um paciente meu... depois eu explico. Diga à mamãe que estou indo para Florença, mas até o almoço estarei de volta, estou contando com isso."

Tarde, tarde demais, o imperativo é correr para a cidade, o mais rápido possível: o que mais Rosa pode fazer para compensar seu erro?

A moça, Adele, abre a porta para ela e a cumprimenta de forma brusca; o que tinha a dizer a Rosa ela já disse ao telefone mais cedo. Imediatamente lhe dá as costas e segue seu caminho pelo corredor meio escuro. Ela se ressente dessa visita tardia, que, em sua sensibilidade de menina, é uma omissão muito séria (e justamente por parte de Rosa, a única médica em quem seu pai confiava). Rosa não se incomoda com a recepção fria, já esperava por isso e já está bastante intranquila. Quer ver Prieto novamente, é por isso que está lá, e isso é tudo o que importa.

Encontra-o ouvindo música em um alto-falante oblongo colocado em uma prateleira ao lado do sofá. Piano, talvez Satie, Rosa mal consegue distinguir a melodia antes que ele abaixe o volume. Ele está pálido, mais fraco do que da última vez que Rosa o viu, quando apareceu sozinho em seu consultório em Careggi e ela teve de lhe contar sobre o diagnóstico de glaucoma agravado, prevendo um futuro próximo da escuridão total. Agora usa óculos escuros, com lentes grossas e pretas; Rosa se pergunta se eles foram receitados a ele por outro médico, por quem e quando. Não é preciso muito para que ela perceba que a visão dele diminuiu drasticamente. Exatamente como o diagnóstico de Rosa havia previsto: a escuridão chegou a galope.

A sala retangular está repleta de móveis e objetos. Na prateleira onde está o alto-falante, Rosa percebe uma taça de prata brilhante (certamente um troféu esportivo). A vida de Prieto: Rosa sabe tão pouco sobre ela, mas sabe que essa vida agora escureceu, que acontece na ausência de luz. No meio da sala, um ventilador gira sobre si mesmo, regular como uma sentinela. As cortinas estão fechadas para evitar o calor e a luz direta, a semiescuridão oferece abrigo, proteção. Nessa semiescuridão, Rosa percebe os curativos que Prieto tem em ambos os pulsos. Mais cedo, ao telefone, Adele lhe informou: mas uma coisa é tomar conhecimento de um fato, outra é ver seus sinais tangíveis. Rosa encara as ataduras e, enquanto isso, imagina Prieto tentando fazer o gesto, dominado por uma angústia gerada por um diagnóstico que foi ela, Rosa, quem formulou, ela quem lhe lançou sem a devida cautela nem a suficiente delicadeza que deve ter um médico rigoroso e cuidadoso.

"Ah, doutora, aí está a senhora; sente-se. Sei que minha filha estava procurando pela senhora."

Ao ouvi-la entrar, Prieto apenas girou levemente o tronco, um movimento mínimo, de quem não consegue mais enxergar e só percebe os ruídos.

"Estou realmente envergonhada por só vir agora; tive alguns contratempos sérios...", ela se apressa em mentir.

"Não importa", responde o homem, também apressado (querendo tranquilizá-la rapidamente demais para ser sincero). "A senhora poderia nem ter me encontrado vivo, sabe? Exceto pelo fato de que Adele chegou em casa mais cedo do que o esperado naquele dia e me pegou bem a tempo. Caso contrário, eu não estaria mais aqui com vocês."

Com as mãos desajeitadas, ele pega a garrafa de água na mesa de centro e a leva aos lábios. Rosa o observa beber, trêmulo, incerto em cada gesto. Uma redução acentuada no campo de visão torna tudo arriscado: um tipo de regressão que Rosa conhece por ter vivenciado com tantos pacientes.

Como nas outras vezes em que viu Prieto, ela sente que gosta deste homem e que algo nele a faz lembrar de Mario, seu pai. A mesma humildade, a mesma forma tão humana de estar em todos os momentos, mesmo neste agora, tão difícil para ele. O mesmo amor pelo trabalho, aquele trabalho que ele, Prieto, não pode mais fazer e de que sente muita falta, dissera a Rosa e volta a confidenciá-lo agora, depois de estarem juntos por pouco tempo.

Seria natural para ela pegar as mãos dele, ficar perto, juntos, em silêncio: nada mais. Mas Rosa sente (sabe) que, naquele momento, é mais correto falar.

"Há muitas maneiras de lidar com as coisas, Massimo, se posso chamá-lo pelo primeiro nome."

"É claro, doutora: fico feliz."

"Se você soubesse o quanto lamento não ter podido lhe dizer isso durante a última consulta. Mas aqui estou lhe dizendo agora. Há muitas maneiras de permanecer na vida sem que uma lesão ocular grave como a sua impeça a própria vida de continuar."

Prieto ergue o rosto, as lentes grossas e pretas de seus óculos tornam sua reação indecifrável. Toda troca com os outros é difícil quando não se sabe o quanto e como se é visto. Rosa conhece a dinâmica por tê-la observado tantas vezes, exceto pelo fato de que aqui, devido ao pequeno espaço doméstico, tudo é mais óbvio, flagrante.

"Eu estava sozinho em casa; no corredor, tropecei em uma pedra que usamos como batente da porta e, ao cair, bati com força o joelho. Quando estava me levantando, meu moletom ficou preso em um canto da estante de livros, o que nem percebi; e nada, caí outra vez, dessa vez me machucando de verdade. Foi muito triste cair duas vezes no chão. Senti que não só eu, mas tudo estava caindo, e muito rápido. Pensei em minha esposa: se ela ainda estivesse viva e me encontrasse no chão, naquele estado. Pensava nela, só nela algum tempo mais tarde, quando..."

Rosa ouve imóvel, absorta em imaginar aquele momento que deve ter sido terrível. Prieto sozinho no apartamento, na escuridão, obstáculos não mais visíveis aos seus olhos. O instinto, no banheiro. A lâmina de barbear. Os pulsos. O sangue, tanto sangue.

"Somos muito mais do que aquilo que vemos, sabe, Massimo; muito, muito mais."

O zumbido do ventilador impede que eles se ouçam adequadamente, então, por iniciativa própria, Rosa se levanta e vai diminuir um pouco a velocidade.

"Sim, Massimo: tudo tem uma magnitude maior, tanto o que vemos quanto o que os outros veem em nós. Em meus anos de experiência com pacientes com problemas graves de visão, essa é uma das poucas coisas que realmente compreendi. A vida, para além de toda visão, de qualquer maneira, permanece: sem poder vê-la, podemos senti-la, muitas vezes de forma mais sutil, mais intensa e penetrante do que através dos olhos. Esta manhã, vim cumprimentar vocês e desejar a vocês um feliz feriado de Ferragosto; também vim dizer a vocês que em setembro, se quiserem, poderão iniciar um programa de apoio psicológico. Há uma equipe muito competente tanto no meu departamento no hospital quanto na clínica do dr. Berardotti, em Pontassieve; ou em outro lugar, se quiser."

Prieto fica em silêncio e toca uma das bandagens nos pulsos antes de colocar a mão sobre a de Rosa. "Vou pensar nisso, muito obrigado, doutora", disse, "mas vá agora, não fique aqui: a senhora tem coisas melhores para fazer, já que hoje é feriado. E uma última coisa: a senhora sabe que o homem para quem eu trabalhava como motorista veio me ver na semana passada?"

"O político?"

"Sim, ele mesmo. Ele veio aqui porque Adele queria deixá-lo ciente do fato. Ele alega que se sentia escoltado, protegido por mim, não teve nenhum outro motorista, nem antes nem depois. Tive vontade de sorrir: 'Eu só dirigia o carro, dirigia aonde tinha que dirigir, nada mais', comentei. Mas nada, ele insistia em me elogiar, porque eu sempre o ouvia, o entendia e, em todos esses anos, nunca o deixei se sentir sozinho, foi o que ele disse. Foi um presente aquela visita, como a sua hoje, doutora."

"Rosa, me chame de Rosa; vamos nos chamar pelos primeiros nomes, é melhor, não?"

Da cozinha ouve-se o eco de panelas e pratos sendo manejados energicamente; Adele está preparando o almoço de Ferragosto, ela e seu pai, agora cego, sozinhos no deserto da periferia da cidade no meio do verão. Antes de ir embora, Rosa se inclina para cumprimentá-la e, mais uma vez, a garota a encara de forma hostil. Rosa não fica chateada, como poderia: seu ressentimento é mais do que compreensível, considerando o fardo que ela carrega, pobre garota, filha única de um pai que ficou cego e de uma mãe que morreu cedo demais.

Na rua, o sol é escaldante. Rosa tem vontade de chorar. Não conseguiu prever o desespero do homem. Por causa de um descuido imperdoável – aquele deslize estúpido de não abrir as mensagens da filha, ignorando por dias seus pedidos de ajuda que estavam a um olhar de distância, ali, no monitor daquele maldito celular que Rosa nunca se esquece de abrir e consultar –, esqueceu. Uma evasão culposa de suas responsabilidades como médica – outra face, pensa Rosa agora, da empatia exagerada e sentimental que sua mãe e o dr. Berardotti repetidamente censuraram nela.

Desatenção. Excessos. Erros. Rosa gostaria de chorar, sim, deixar para lá e chorar de uma vez por todas. Prieto a comove: deixado no mundo, ele que havia pensado em deixar o mundo, acabar com ele. Algumas lágrimas libertadoras, enquanto, no caminho de volta, Rosa enfrenta a série de curvas que começam depois da estrada reta, aquelas curvas fechadas em sucessão até a Quercetana. O campo de girassóis, depois as altas faias à esquerda: ela está quase lá. Esse retorno a acalma, se não fosse por outro tumulto, este de alegria. À noite, ela tem um encontro com Tan: pensar nisso é uma luz, um tremor que a sacode das profundezas.

Entrando sem que Tan percebesse, Rosa observou-o por trás, por um momento, sentado no sofá ouvindo música com fones de ouvido. Suas costas fortes, a nuca com o cabelo cortado bem curto, as mãos marcando o ritmo dos sons que só ele ouve. Tornou-se um homem: do menino que era não há nenhum vestígio. Um jovem de quem Rosa sabe pouco, apenas o que ele quis lhe contar naquele bar em Santa Croce. Um homem que a atrai com uma força pela qual ela se sente esmagada, dominada e submersa.

"Ei, olha você aí." Ele se vira, sorri para ela: um momento depois, já estão se abraçando com força, e o beijo do dia anterior é retomado como uma conversa inacabada, uma conversa a ser retomada do ponto exato em que foi interrompida.

"Eu... quero você", Tan sussurra no ouvido dela, sua voz é calma, arqueada, e isso também é irresistível. Eles vão para o jardim. Escuro e fresco, a noite se agita ao redor. Como se em uníssono sentissem a necessidade de deixar a tensão que sentem se instalar, eles se esticam nas espreguiçadeiras dispostas uma ao lado da outra no pátio em frente à sala de estar. Não há vontade de comer, nem sede, nem qualquer outra coisa, apenas ficar perto, palavras seguras, beijos inclinados para fora das espreguiçadeiras, mais beijos. Coberto de mato, um pouco mais adiante está o buraco cavado por Tan, onde ele rejeitou Rosa. Uma lembrança distante, muito distante, que ela não quer ouvir. Não agora.

"Você vai querer dormir comigo?", ele pergunta, com uma voz suave que atravessa a escuridão e a envolve como uma carícia.

"Sim... sim, claro que vou querer", responde Rosa timidamente, mas já confiante, sem dúvida.

"Então é isso. Vamos fazer. Mas não esta noite. Primeiro quero que você pense bem sobre como quer que a gente faça. Quero que escolha seus desejos e depois me conte, para eu poder realizar."

Estão conversando desse jeito quando, de repente, na curva da estrada, surgem os faróis altos do Lancia de Enrica.

"Boa noite, garotos", ela os cumprimenta apressadamente depois de estacionar o carro no pátio e entrar na casa pela porta-janela da sala de estar. Uma aparição fugaz, mas que é suficiente para despertar Rosa e levá-la de volta ao passado. A uma época em que ela fantasiava outros destinos possíveis – um deles, o mais doce, em que ela era irmã de Tan e, como ele, também filha de Enrica. Sonhos distantes, embaçados em comparação com aquele presente inesperado e incandescente. E, no entanto, era quase como se passassem de uma miniatura para um relacionamento em uma escala maior, o que passou compõe o presente, o esculpe. Assim como a atenção, o passado também é uma pluma escondida.

A Via dei Palchetti é muito próxima da Via del Giglio, onde, quando jovem, Tan vinha acompanhado para suas sessões com o dr. Lenti, o psicólogo. Como no primeiro passeio com Rosa, Tan não se lembra de nenhuma das ruas. Florença é uma cidade desconhecida e estrangeira para ele. Mais uma vez, ele se deixa guiar por Rosa.

É de tarde quando eles fazem amor pela primeira vez. Selvagens, nus: reais. Encharcados de suor, cada vez mais quentes (apesar do ventilador de teto). Mas não se importam com o suor; pelo contrário, o fato de se agarrarem um ao outro, como se tivessem ventosas na pele, essa mistura de humores e suores os excita ainda mais, faz com que se apertem, se unam e se desejem cada vez mais.

Se até aquele momento, para Rosa, era um novo Tan a pessoa que ela havia reencontrado, quando eles fazem amor é o outro que ressurge, o Tan do passado. Ela o sente em seu corpo quando entra nela, confiante, vigoroso, misterioso, doce. Como se dois Tans se sobrepusessem, o de antes e o de depois, uma estranha percepção que em Rosa amplia o prazer. Ela responde às carícias beijando o peito dele, que é glabro, a pele muito lisa, e lambendo o mesmo ponto acima do esterno no qual, muito tempo antes, ela havia colocado a mão, naquela noite no buraco, antes de ele a afastar.

"Me pega, me lambe, assim, sim. Sim, sim, fica louca comigo, vem."

Até mesmo a voz. Aquelas palavras íntimas, que a excitam e a deixam molhada – desmaiada, quase, de prazer – agora são sussurradas com o mesmo timbre que era de Tan tantos anos antes, quando ele invertia as frases, desafiando Rosa a entender seu significado enigmático, ela sozinha, ela antes de todos, melhor que todos. O sexo com Tan é um encantamento: ele captura Rosa e a preenche, levanta-a, libertando-a de todo medo. Procura-a repetidas vezes. Deseja-a muito. A brutalidade com que a comanda e a domina também a enlouquece: como ele puxa seu cabelo enquanto lhe dá ordens precisas que correspondem aos desejos que ela imaginou e depois expressou, de forma tímida, porém precisa, depois de pensar sobre eles, como ele pediu que ela fizesse.

Eles fazem amor por horas naquela tarde. Sexo que constroem juntos, um alfabeto secreto, de súbito e para sempre deles, de mais ninguém.

Para Rosa, nunca foi assim: a intimidade com Alessandro, se ela pensar bem (e ela pensa, agora), era uma sombra pálida em comparação. Quando você faz amor com tanta plenitude, e de verdade, como agora com Tan, fica exausto e renasce, e Rosa e Tan, exaustos e renascidos, adormecem. Irmãos, amantes. Irmãos amantes. Tan deitado sobre Rosa, acalmado pelos solavancos dos orgasmos, suas respirações também encontrando sintonia, harmonia.

Ele decidiu adiar seu retorno a Milão por alguns dias. Em setembro, começarão as filmagens no Chade para um documentário feito pela Dorfilm, a produtora para a qual ele trabalha.

Ainda há muita pesquisa a ser feita, reuniões a serem realizadas com o diretor, locações a serem feitas e depois monitoradas por vídeo à distância, de Milão. "Não é tão bom que eu só volte ao escritório na semana que vem, mas quero muito ficar mais com você", diz a Rosa enquanto dirigem para sua sublime felicidade em Florença, para o apartamento de um quarto na Via dei Palchetti.

Depois de tomar a decisão de adiar a partida, Tan muda, fica mais tenso. Ele e Rosa vão para Florença todas as tardes e, assim que se trancam atrás da porta do estúdio, surgem os amantes. Como se fossem um só corpo. A mesma fome, a mesma sede, derretendo-se, fazendo amor, fazendo amor outra vez. Quando a noite chega, voltam juntos lá para cima, para a Quercetana. Dormir juntos em Florença, por um acordo tácito, foi algo que se proibiram de fazer: é importante para cada um deles, à noite, estar com seus pais, para Rosa, e com Enrica, para Tan. Era assim que aquele Ferragosto deveria ser para cada um deles: um descanso tranquilo e pacífico em família.

Nem os Ossoni nem Enrica comentam o que evidentemente está acontecendo entre seus filhos. Não dizem nada sobre a felicidade que brota dos olhares de Rosa e Tan, de seus olhos brilhantes, de sua calma incomum, do comportamento de Rosa, muito mais expansiva e alegre que o normal. Se Giovanni também estivesse lá, na Quercetana, ele também entenderia, mas não diria nada. Talvez, como pais, eles esperassem isso, ou, ao contrário, fosse a última coisa que esperavam: certamente nenhum deles diria uma única palavra. Para Rosa e Tan, qualquer reação seria indiferente: naqueles dias, eles deixam o mundo lá fora. Concentrados em não perder um minuto daquele tempo precioso e inesperado que é deles, só deles.

"Deus, como eu gosto de você", Tan diz a ela enquanto a empurra em direção à geladeira na cozinha da Via dei Palchetti. Enquanto isso, ele morde seu lábio, lambe seu pescoço. "Meu Deus, o que você é? Uma musa loira, meu doce. E eu que tinha você por perto e não tinha entendido nada do que você era, de como você era. Que bobo. E que cego."

Rosa ri, finge se esquivar, enquanto o fluxo quente de prazer já a banha entre as pernas, pontual, inexorável, e mais uma vez ela sente vontade, um desejo louco por Tan, de mergulhar na cama com ele e ali recomeçar a fazer amor, comunicar-se em seu alfabeto recém-criado, mas dominado como se sempre tivesse existido, e se lamberem, procurarem um ao outro, explorarem um ao outro, suarem juntos e juntos irem para longe, para o outro lado do dia, onde os beijos embriagam e pedem mais, sempre novos, onde um gemido conta toda a história, onde voltar então pede tempo, calma e tempo, para saber o quão longe se foi.

Faltam dois dias para terminarem as férias de Rosa. Ela tem de se preparar para voltar ao hospital, a Careggi, e lá ser novamente a dra. Ossoni, uma diretora médica de profissionalismo impecável, jovem e, no entanto, tão capaz, lúcida, em todas as circunstâncias sábia e solícita, como exige sua função. Recebeu uma mensagem de Adele Prieto, vibrando em seu telefone enquanto Tan estava no banheiro tomando banho. Rosa, para não repetir erros, abriu a mensagem imediatamente, sem esperar. "Meu pai gostaria de convidá-la para almoçar no próximo domingo." Rosa respondeu aceitando, agradecida. Será uma redenção, voltar àquela casa, estar com aquelas pessoas: um presente da vida que Rosa saberá valorizar. Essa mensagem, no entanto, é também uma aterrissagem abrupta em uma realidade até então mantida à distância. Quando Tan aparece na porta do banheiro, seminu, apenas com a toalha sobre os ombros, ao vê-lo assim, irresistivelmente belo, Rosa sente uma pontada no coração, se de tristeza ou preocupação ela não sabe. E, no entanto, esse único ato é suficiente para quebrar o encanto.

"Então, o que está fazendo minha doutora em vez de estar aqui com a gente, se divertindo em Follonica?" Entre as mensagens recebidas, também uma de Ari. O trabalho está voltando: dois dias depois já será segunda-feira e Rosa se sente desanimada só de pensar nisso. Será difícil encaixar esse tempo passado com Tan em seu ritmo cotidiano – juntar esse encantamento com todo o resto. Mas não há motivo para se preocupar, pelo menos por enquanto. A atenção é uma pluma escondida, será ela, seu rodopio que mostrará a Rosa o caminho.

Não é fácil ficar no apartamento da Via dei Palchetti depois que Tan vai embora. Durante dias, Rosa sente a atmosfera do quarto ainda impregnada dos dois, de sua paixão. Dias de imagens contínuas: naquela cama onde ela agora está sozinha, Tan, de costas para a parede, fumando um cigarro enquanto a observa se vestir. "O que você é? Uma musa fora de série", ele a admira, com espanto e felicidade na voz. Ainda na cama, nus, tomam sorvete em grandes colheradas direto do pote. Tan dá na boca de Rosa e, logo em seguida, ela faz o mesmo com ele. Ele bagunça o cabelo dela e ri, o azul-escuro de seus olhos é um raio reto e brilhante e não há mais nada de importante lá fora, nada poderia interessar a Rosa além da pura felicidade de estar com Tan, de tê-lo por perto. Lembranças frescas e muito recentes, que ela quer reter a todo custo nos primeiros dias:

até mesmo adia a troca da roupa de cama, adia colocar os lençóis na máquina de lavar, apagando seus cheiros e os vestígios de sexo, o que também a deixa arrependida. Deixar intacto é cristalizar, permitir que permaneça o maior tempo possível.

Então, em uma semana, a kitnet volta a ser a de sempre: para Rosa, o lugar para onde voltar à noite, exausta de cansaço, deitar na cama com a televisão ligada e relaxar comendo fatias de pizza compradas na rotisseria da Via del Parione, depois cair no sono, às vezes acordando de repente no meio da noite, com a tela fluorescente ligada, programas absurdos que ela não tem tempo de entender, porque desliga imediatamente.

Fala todas as noites com Tan por telefone, mas já na primeira ligação a comunicação é estranha, muito menos fluida do que qualquer um dos dois gostaria. Rosa colocou no viva-voz, quer captar cada tom e, em vez disso, há um retorno metálico, impessoal na voz. Na distância física, a intimidade deles, tão total alguns dias antes, quando estavam juntos no mesmo cômodo, agora está dispersa, como se estivesse anulada. Tan tenta entreter Rosa contando sobre o documentário em cuja produção está trabalhando. O diretor está prestes a partir para o Chade, o ritmo nessa última fase antes das filmagens é febril, diz satisfeito por também estar muito ocupado, assim como ela. "Escrevo e-mail atrás de e-mail: para hoteleiros, guias turísticos, fazendeiros e produtores de alimentos, porque, segundo o roteiro, o filme vai consistir principalmente em entrevistas sobre o tema da alimentação. Eu gosto dessa adrenalina; você sabe o quanto eu adoro ir adiante com rapidez."

Rosa também poderia mencionar algo sobre seu tempo no hospital, mas evita fazê-lo. Sabe como é grande a distância entre seus respectivos papéis profissionais e como é fácil para Tan se sentir inferior a ela no trabalho. A cada conversa, as pausas de silêncio se tornam mais longas, até que, na quarta ou quinta ligação, Tan menciona essa dificuldade: "omixám o somos oãn enofelet rop, adnil ahnim, mifnE", diz a Rosa. Como culpá-lo, é verdade, não são o máximo por telefone. Entretanto, o jogo linguístico de Tan, essa alusão aos seus passatempos de infância, que pretende ser uma cumplicidade a mais, sintetizada no presente, não a diverte nem um pouco. Pelo contrário, ouvi-lo falar assim não lhe traz nenhuma alegria: marca uma parada, a sombra curta de um mau presságio. Com o celular no viva-voz, Rosa olha pela janela. A noite é atravessada por uma lufada de ar. Ela respira profundamente e, em seguida, com uma bufada, expulsa seu mal-estar.

"Bom, agora preciso dormir, estou exausta."

"Eu também, minha musa: cansado, cansado. Falamos amanhã?"

"Amanhã à noite, sim. Durma bem, Tan."

"Boa noite, pequena, bons sonhos."

Era você, você estava aqui. Rosa olha em volta, observa tudo, é um reconhecimento dela, cada objeto na sala viu Tan, cada canto testemunhou a alegria que os dois experimentaram juntos. O teto de caixotões, a mesa de fórmica em frente à cozinha – eles também fizeram amor naquela mesa, ela sentada na beirada com as coxas bem abertas para receber Tan, que estava ali parado esperando para transar com ela, o sorriso imperturbável antes das fortes investidas da lombar, a ponto de a mesa estar prestes a se partir, a borda se fragmentou em um lugar e agora Rosa olha com carinho para aquela fenda na madeira, isso também é uma lembrança. Sim, sim, era você, Tan. Você, aqui: o você de agora, não aquele de muito tempo atrás, quando eu queria estar perto de você o máximo que pudesse – e você me afastou.

Quanto júbilo ele sabe lhe dar; mas agora que ele foi embora e voltou para Milão, eis que o tal episódio distante volta a povoar os pensamentos de Rosa.

"Sabe, Ari, eu realmente acho que..."

"Que...?"

Voltaram para a Piazza di San Pier Maggiore, e foi Rosa quem sugeriu que jantassem no mesmo lugar em que estiveram em junho.

"Acho que estou apaixonada", diz Rosa, séria, logo após se sentarem. "Aconteceu durante este Ferragosto... Estou realmente apaixonada, mas tenho dúvidas, porque..."

"Uau, que novidade, Ossoni!!!" Ari exulta sem esperar que Rosa termine a frase. "Isso sim é uma bomba. E como você está?"

"Estou... muito feliz, embora agora que ele viajou (ele não mora em Florença) eu esteja preocupada", responde Rosa enquanto se serve de água. "Entendi, sabe, aquilo que você queria dizer quando falava de mim e Alessandro como animais de espécies diferentes: porque agora..."

"Agora é tudo na pele, e nada na cabeça: algo assim, uma coisa assim, não é, doutora? O que você acha de tomar um bom prosecco para comemorar?", diz Ari, toda animada. Naquela noite, está usando um macacão azul-elétrico sem mangas, com decote em V profundo e calça boca de sino; em volta do pescoço há um fio de pérolas falsas, pretas, grandes contas brilhantes com as quais ela brinca enquanto fala, deslizando-

-as entre os dedos ("até parece um terço, eu sei, e até que é um pouco assim", diz, rindo). "A propósito, você, caidinha, Ossoni: dá para perceber."

"Sim... eu transei como nunca tinha feito antes, é isso que talvez 'dê para perceber'. Mas já falei, estou cheia de dúvidas. É alguém que eu já conhecia desde que éramos crianças, e isso complica as coisas, na minha cabeça e talvez na dele também", diz Rosa antes de beber o prosecco trazido pelo garçom no balde de gelo.

Já é outono, o sol se põe rapidamente, antes que chegue a escuridão o azul elétrico do macacão sem mangas de Ari se destaca na luz da noite.

"Não me parece tão importante o fato de que você já o conhecia, Ossoni. O passado muda, ele se move com a gente... Você precisava viver um amor tipo 'pacote completo', eu tinha certeza disso. E depois dos amores de cabeça vêm os amores de pele, pelo menos foi o que sempre aconteceu comigo. A propósito, sabia que o Federico me chamou para morarmos juntos?"

Rosa sorri, nem pergunta a Ari que resposta ela deu ao namorado, pois já sabe (ela a ouviu dizer) que prefere não morar junto. Acima de tudo, é isso de que ela gosta tanto em sua amiga e enfermeira-chefe: a garra, sempre escolhendo o lado positivo das coisas, o ímpeto, o impulso, a liberdade. Assim como quando se trata de roupas, o critério que se aplica a Ari é sempre a energia – cromática ou vital, sempre energia.

Rosa também conta sobre o convite para o almoço recebido dos Prieto. Irá no domingo seguinte. "Aquele paciente com glaucoma de ângulo fechado, sabe, aquele com a filha ruiva, conhece?"

"Sim, eu lembro; percebi que era um pouco próximo demais do seu coração...", Ari comenta, mais séria.

"Eu sei que não é o melhor em termos de ética profissional", retruca Rosa, já na defensiva, "mas quando um paciente está em condições tão ruins, pelo menos na minha opinião, ter um relacionamento mais pessoal deixa de ser uma transgressão do código de conduta".

"Sim, doutora, fique tranquila, certamente eu não vou te julgar."

Junto com o prosecco, pediram presunto e melão e uma tábua de queijos; Arianna entra no restaurante para pagar (ela quis convidar). Quando volta, se aproxima de Rosa e faz um carinho em sua bochecha, rápido, mas muito alegre, afetuoso. "Fique tranquila; você está uma gata, Ossoni. Sempre está linda, mas agora exala uma coisa... uma coisa feliz que não se sente em você normalmente. Uma verdadeira gata, acredite em mim."

Em seguida se afasta, e Rosa acompanha com admiração seu passo confiante apesar dos saltos, seu macacão azul elétrico desaparecendo lentamente na escuridão. "Que sorte ter uma mulher dessa como amiga", pensa Rosa: sempre satisfeita consigo mesma, determinada a aproveitar a vida.

Ela deveria ligar para Tan, mas hesita, pois não parece ser o momento certo. Seria um reflexo automático ligar para ele agora, e ela não sabe o que fazer com esse reflexo – muito menos em relação a Tan.

Para: rosa.ossoni@yahoo.com
De: tanthebest@gmail.com

Rosa, Rosa,

Eu esperava sua ligação hoje à noite, ela não veio, tentei te ligar, mas seu telefone estava desligado. Não importa, eu sei, já dissemos que não somos bons em nos comunicar à distância. Mas hoje à noite estou tão agitado que não consigo dormir. Estou em Milão há menos de uma semana e já quero voltar para Florença. Sinto sua falta: você que fecha os olhos e me deixa olhar para você, transar com você, me deixa folhear as pétalas da sua Rosa uma a uma. Talvez você diga: você é louco por escrever essas coisas, Tan, mas eu não me importo. No meio da noite, não consigo dormir – e sinto sua falta. É inacreditável o que aconteceu, o que está acontecendo com a gente. Na estrada, no caminho de volta para Milão, ouvi Concha Buika em loop e pensei em você o tempo todo. Me acompaña tu recuerdo. Boa noite, minha pequena.

Para: rosa.ossoni@yahoo.com
De: tanthebest@gmail.com

Rosa: na minha língua, você é "Roz" ou "Trandafir". Não sei se já te contei, mas por meio do mesmo amigo da minha tia que me ajudou a entrar na Dorfilm, conheci um garoto moldavo. O nome dele é Roman, e, de vez em quando, eu o encontro e conversamos. Gosto de ouvir meu idioma de novo, pois estou me esquecendo um pouco dele. Conversar me ajuda a encontrar palavras que agora me escapam. Língua materna: minha mãe verdadeira, tenho pouca esperança de conhecê-la, de vê-la novamente. É muito difícil que isso aconteça agora, e talvez a língua materna conte também para isso: usá-la é como me aproximar de um pedacinho dela. Posso escrever um pensamento como esse para você; se eu contasse para a Enrica, ela certamente ficaria triste, e eu não quero isso.

Rosa, Rosa. Ontem à noite, finalmente nos falamos, durante o dia duas vezes não resisti e tentei ligar para você. Não deveria, eu sei, você foi clara sobre isso – que quando você está no hospital, é como se eu não existisse. Que, durante o trabalho, você não tem espaço de forma alguma. Você me explicou isso várias vezes, e eu entendo. Mas o que posso fazer? Não consigo me conter. Quero muito ouvir sua voz, nem que seja por um momento. Ontem, no escritório, ouvimos que o diretor e a equipe estão partindo para N'Djamena na segunda-feira, comprei as passagens na internet hoje à tarde. Vou ficar mais livre e vou poder voltar para você! Mal posso esperar, rarepse ossop laM, de verdade, edadrev ed, Rosa, asoR, oh, Rosa, asoR, ho.

Antes de entrar no carro, ela não sabia se ouviria música; no final, decidiu-se pelo silêncio. Uma necessidade de ouvir a si mesma, de processar as emoções das últimas semanas, aquele cataclismo de eventos que ainda não encontrou tempo para metabolizar. É domingo de manhã e ela está indo para a Quercetana para passar o dia lá. Ficará por algumas horas, mas não passará a noite. É a primeira vez que decide fazer isso, sem ter nada de que se recriminar: há pouco tempo ficou bastante tempo por lá, oito dias, só que no dia de Ferragosto aconteceu o que aconteceu com Tan, e tudo estourou como a rolha de uma garrafa de champanhe, tudo voou alto. Alto demais, talvez. Há algo de excessivo no que aconteceu, e esse algo cansa Rosa, mesmo que a deixe muito feliz. Enquanto dirige (é cedo, nem oito horas, a estrada está livre, a época dos grandes êxodos de verão já passou), dúvidas e perguntas ressoam em sua cabeça agitada. E se tudo não passar de uma grande bobagem? E se esse reencontro deles estiver escondendo uma armadilha, como da primeira vez em que se tornaram amigos, quando eram crianças? Tan poderia muito bem voltar a rejeitá-la e a machucá-la, e dessa vez seria sem retorno. É bem possível que ele seja uma pessoa diferente daquela que agora, ao se reencontrarem, quis mostrar a Rosa; talvez em Milão tenha outra mulher, outra vida. O tumulto dos pensamentos de Rosa durante a viagem de carro também abriga esses medos.

Ao chegar à Quercetana, Rosa sente que o que aconteceu entre ela e Tan continuará a ser um fato mantido em silêncio, não admitido nem comentado por ninguém, mas ainda lá, no centro de tudo. Como em agosto, ela não ouve nenhuma pergunta por parte dos pais, nenhum aceno sobre nada. Constrangimento, reserva, perplexidade? Rosa pode imaginar o motivo, mas seja qual for, ela não se importa – essa hipocrisia não lhe diz respeito.

Pouco depois de chegar, corre para passar um momento embaixo do carvalho. Esse é seu ritual, parar ali onde sente que é seu primeiro lar. "Tan tem uma primeira vida", ela diz a si mesma enquanto colhe folhas secas do chão no calor do verão e as agarra, amassando-as entre os dedos, "eu, por outro lado, tenho um primeiro lar, que é esta árvore".

Abaixo da camiseta listrada azul e branca, veste uma calça jeans cinza folgada e muito confortável naquele dia. É do bolso de trás dessa calça que ele agora tira a folha de papel que imprimiu no hospital: um e-mail que recebeu dois dias antes, na sexta-feira, no final da tarde. Desdobra o papel e o coloca sobre a superfície de uma raiz de carvalho; quer ler o texto mais uma vez. Voltar a acreditar, a ver em preto e branco que é verdade, que não é fantasia.

A carta foi escrita em papel timbrado do North Western Memorial Hospital, em Chicago. Algumas linhas em inglês dizem que Rosa é esperada no final de janeiro.

"Estamos muito felizes que você, dra. Ossoni, fará parte da equipe liderada por Bill Rears: como você sabe, o time mais de vanguarda da pesquisa em neuro-oftalmologia e inteligência artificial."

Rosa ainda não deu a notícia a ninguém. Tenta imaginar qual será o efeito: logo contará, é claro, é por isso que foi para a Quercetana. Já parece ouvir, mal escondida por trás do silêncio de Mario e Paola, a grande tristeza deles ao pensar que ela está indo embora, sabe-se lá por quanto tempo, e para tão longe. Mais uma vez, algo não dito, mas palpável, eles sentem orgulho como pais. Têm muito orgulho dela, Rosa sabe, e é comovente para ela o fato de eles não conseguirem transmitir isso. Além do mais, ela imagina a alegria e o entusiasmo de Enrica: parece até que já pode vê-la se aproximar, abraçá-la com força e a parabenizar. "Você é uma garota excepcional, Rosa, eu sempre achei isso", diz a ela, pouco antes de uma sombra de tristeza, fugaz como um lampejo, cobrir seu olhar. O pensamento em Tan, em sua vida incerta – sua "segunda vida" na Itália, que Enrica, como mãe, gostaria que fosse cheia de alegria, de sucesso, e que, em vez disso, continua a preocupá-la, a mantê-la em suspensão.

Quando em breve estiver longe, no exterior, Rosa sentirá falta do apoio de Enrica; muito, isso também está previsto.

Para: tanthebest@gmail.com
De: rosa.ossoni@yahoo.com

Tan, me desculpa. Há dias que não respondo. Precisava pensar e achei desnecessário explicar isso a você – eu tinha me convencido de que, mesmo sem dizer, você entenderia. Não foi esse o caso, o tom da sua mensagem na secretária eletrônica ontem era de ressentimento, de mágoa com a minha "fuga", como você chamou. Às vezes, falar não é a solução. Aprendi isso desde cedo, com meus pais, que – como você sabe – são pessoas muito reservadas e taciturnas; aprendi isso com os peixes, que nadam, se escondem, adormecem e expressam tudo isso. E aprendi com meus pacientes, que, nas primeiras dificuldades para enxergar, recorrem a outras formas de comunicação: o toque, para falar por meio do tato, ou simplesmente esperar, sem transmitir nada. Eu precisava esperar, deixar as coisas se acalmarem, Tan. Os dias que passamos juntos foram lindos, como eu poderia não ver isso? Dias animados, maravilhosamente animados. Lembro de cada momento, da alegria que você me proporcionou, das risadas, do prazer intenso que você me deu. Doçura, cuidado, loucura, um descanso profundo: tudo tão forte e regenerador. Eu nunca tinha transado com ninguém daquele jeito, com tanta intensidade. Eu te falei isso quando você estava aqui, e digo de novo agora, por escrito. Sei que comuniquei isso a você, sei que você sabe disso. A Arianna, aquela enfermeira-chefe que é minha amiga, me disse há algum tempo que eu estava em uma passagem de tempo; essa passagem me levou a você, disso eu tenho certeza, muita certeza.

Mas esses dias, parando, esperando, ouvindo a mim mesma, percebo que não consigo imaginar como seguir. Como fazer com que a beleza que encontramos e tocamos juntos perdure, eu não sei, Tan: eu não a vejo. Até porque minha vida vai continuar – ou melhor, sou eu quem vai partir. Recebi a resposta a uma pergunta que enviei há vários meses. Já nem esperava mais, por uma forma de superstição eu tinha jurado nunca mais pensar sobre isso, mas a resposta veio. Estou indo para Chicago. Por um ano, talvez mais; se eu me der bem, como espero, talvez até me mude para lá definitivamente. É uma oportunidade profissional extraordinária, eu sonhava com ela. Você me contou sobre sua "primeira vida": eu também tive uma primeira, e agora parece que uma segunda pode começar. Sempre evitei falar sobre o meu trabalho, talvez você tenha percebido. Parecia complicado demais. Mas tem uma coisa que eu quero te contar agora. Ao longo dos anos, estudei muito. Trabalhei muito, conquistei objetivos, aprendi – e, desde que me tornei diretora clínica do setor no hospital, aprendi ainda mais. Fico empolgada com o fato de minha profissão estar mudando, estar se expandindo: de que vou poder fazer pesquisas e trabalhar com outras pessoas mais competentes e com mais conhecimento do que eu. Parar de lidar com terapias individuais, diagnósticos, emergências no pronto-socorro, e, em vez disso, trabalhar em um projeto amplo, uma pesquisa de base, aberta a tantas incógnitas e variáveis, mas de importância fundamental. Tudo isso me empolga, sim, como poderia não empolgar? Sei que vou me arriscar mais, muito mais. Assim como sei que o desafio será grande e que sair, mudar de país, de colegas e de habilidades pode ser tão difícil quanto começar de novo. Não tenho uma bola de cristal, mas consigo ver essas coisas, perto, próximas.

Tan. Eu não esperava te encontrar agora, e da maneira como foi. Realmente, era a última coisa que eu imaginava. Durante esses anos, quando eu passava por você na Quercetana, sempre pensei que nossa comunicação tinha terminado, que nossa amizade tinha acabado. Eu achava que o Tan que eu tinha conhecido e de quem *eu era próxima, aquele com quem eu tinha compartilhado tanto, não existisse mais. Você tinha se tornado tão frio, tão hostil. Em uma Páscoa, você veio com aquela namorada, Bea era o nome dela, certo? Só cruzei com vocês uma vez, perto dos oleandros, eu me lembro. Você estava rindo, talvez tivessem acabado de se beijar, não sei, mas certamente estavam íntimos, envergonhados por terem topado comigo – eu lembro de ter a nítida sensação de estar interrompendo algo. Eu odiei aquela Bea desde o início. Ela e vocês dois: eu disse a mim mesma que você tinha se tornado mimado, vaidoso, que só poderia ficar com uma sílfide gelada como aquela, porque afeto verdadeiro, ou mesmo amor, você não era capaz de dar a ninguém, a começar por você mesmo. Eu disse isso a mim mesma de forma confusa, com raiva, eu estava magoada com você, ainda magoada depois de muito tempo. Que você seria a beleza, a alegria, a emoção que me proporcionou nesses dias, mesmo imaginando com todas as minhas forças, eu jamais poderia prever. Tan, juntos voltamos para casa, você sente isso? Voltamos para algo muito distante, que havia se congelado entre nós e para cada um de nós. Foi isso que senti e é isso que penso. Mas eis que não sei como continuar; que simplesmente não consigo enxergar um trecho seguinte deste caminho juntos. Não vejo nada. Não é preciso uma bola de cristal para perceber que sou muito diferente de você. Sou uma pessoa calma, metódica e perfeccionista. Que precisa de um ritmo constante para trabalhar bem. Há poucos dias, por exemplo, almocei com um paciente meu, o nome dele é Prieto, ele tem um glaucoma muito grave, um homem que de fato não consegue mais enxergar. Passamos horas juntos, ele, a filha dele, eu: horas simples, com momentos mais difíceis, outros de emoção, outros completamente normais. É isso que eu sou: uma médica que busca interstícios para se preservar como ser humano, em um equilíbrio construído sobre questões que talvez não me afetem mais na equipe que vou integrar nos Estados Unidos, mas sobre as quais eu cresci, e cresci muito, sinto que posso dizer. Coisas que não contei antes conto agora e, enquanto as escrevo, me pergunto: como você poderia ficar perto de mim? E como eu poderia ficar perto de você, do seu trabalho, do seu futuro, Tan? Eu não saberia como mesclar a intensidade que encontramos com a vida cotidiana, esse também é um fato. Tudo está descolado. Agora, preciso preparar minha partida: isso conta e é o principal, aquilo no qual tenho que concentrar toda a minha atenção. Talvez você consiga entender isso, talvez não. Eu desejo a você também que possa partir, ou melhor, que possa partir de novo. Espero que você volte para Tighina mais uma vez; tenho certeza de que será bom para você, para se aproximar de sua "primeira vida". Você vai conhecer outras pessoas, outras coisas vão acontecer. Eu vou te levar comigo para o exterior. Mas agora vou parar de escrever este e-mail muito longo e solene e me despedir. Então, talvez, se encontrarmos o momento e a maneira certos, eu ligue para você e conversemos por telefone. Um beijo para você, Tan.*

Rosa

Está chovendo quando Rosa deixa a Quercetana no final da tarde. Uma chuva que já é um presságio de outono, grossa e leve, e agora a temperatura da noite está caindo, quase fria. Paola colocou mais uma vez uma sacola de comida no carro, dentro há uma garrafa de azeite, tomates, batatas, vagem e, além de tudo, embrulhados em uma folha de jornal, ovos frescos. A partida "verdadeira" de Rosa ainda está longe, mas para sua mãe é como se fosse um ensaio geral.

Mario acompanhou a filha até o carro e, como estava chovendo, caminharam lado a lado pela trilha até a clareira de cascalho, seguindo juntos sob o mesmo guarda-chuva. O caminho é estreito, e, para não sair da trilha, Rosa deu o braço ao pai.

"Sinto que você está feliz com essa partida. Vai ser um ponto de virada, percebi isso imediatamente; e gosto do fato de você não ter medo, Rosina", ele diz a ela.

"Não, pai, não tenho medo nenhum. Talvez vocês possam ir, algum tempo depois que eu já estiver por lá, eu compro as passagens para vocês..."

"Tem tempo; vamos ver. Enquanto isso, volte bem para casa, dirija devagar e descanse esta noite."

"Claro, fique tranquilo. Mas eu te mando mensagem quando chegar."

Ela o vê uma última vez pelo espelho retrovisor, seu pai, alto, maciço (ele engordou demais, precisa mesmo fazer dieta), ali, estendendo a mão por baixo do guarda-chuva, despedindo-se. Um ponto fixo, que depois das duas primeiras curvas torna-se minúsculo.

A caminho de Parco dell'Uccellina. Reservou uma noite no mesmo Bed and Breakfast onde havia se hospedado com Alessandro. Rosa não poderia deixar de dar um último adeus aos peixes. Quem sabe se terá a chance de mergulhar novamente, quem sabe depois de quanto tempo. Algumas braçadas de suas nadadeiras, um último mergulho, olhando ao redor com a mesma atenção que aprendeu a ter na água. Dizer adeus ao mar é a despedida mais importante, mais do que as outras que a aguardam antes da partida. Trocou alguns e-mails com o líder da equipe, Bill Rears: parece simpático, muito tranquilo, até mesmo um homem bonito, a julgar pela foto no site do North Western Memorial Hospital. Sabe-se lá por que Rosa se lembra dele, daquele rosto, enquanto fecha o longo zíper do traje até o pescoço e mergulha. O calor do verão é uma lembrança distante, a água está gelada ao primeiro contato. Um último aperto na alça de fixação da máscara e, em seguida, Rosa se ergue na ponta dos pés e dá a si mesma o impulso para ficar na posição horizontal e começar a exploração, seu mergulho com snorkel. Aqui estão os peixes: alguns escondidos entre as entradas das rochas, outros nadando em cardumes, em massa, sempre prontos a se deixarem admirar.

Dados Internacionais de Catalogação na Publicação (CIP)
de acordo com ISBD

G493p
Ginzburg, Lisa

   Uma pluma escondida / Lisa Ginzburg.
   Tradução: Francesca Cricelli
   São Paulo: Editora Nós, 2024
   240 pp.

Título original: *Una piuma nascosta*
ISBN: 978-65-85832-57-1

1. Literatura italiana. 2. Romance I. Cricelli, Francesca. II. Título
2024-2980   CDD 853   CDU 821.131.3-3

Elaborado por Odilio Hilario Moreira Junior, CRB-8/9949

Índices para catálogo sistemático:
1. Literatura brasileira: Romance 853
2. Literatura brasileira: Romance 821.131.3-3

© Editora Nós, 2024
© Mondadori Libri S.p.A., 2023,
publicado originalmente por Rizzoli, em Milão

Direção editorial SIMONE PAULINO
Editor SCHNEIDER CARPEGGIANI
Editora-assistente MARIANA CORREIA SANTOS
Assistente editorial GABRIEL PAULINO
Preparação BONIE SANTOS
Revisão GABRIEL PAULINO
Projeto gráfico BLOCO GRÁFICO
Assistente de design STEPHANIE Y. SHU
Produção gráfica MARINA AMBRASAS
Assistente de vendas LIGIA CARLA DE OLIVEIRA
Assistente de marketing MARIANA AMÂNCIO DE SOUSA
Assistente administrativa CAMILA MIRANDA PEREIRA

Imagem de capa LUIGI GHIRRI (herdeiros de Luigi Ghirri), *Parigi*, 1972.

Texto atualizado segundo o novo
Acordo Ortográfico da Língua Portuguesa

Todos os direitos desta edição reservados à Editora Nós
Rua Purpurina, 198, cj 21,
Vila Madalena, São Paulo, SP | CEP 05435-030
www.editoranos.com.br

Fonte NITIDA
Papel PÓLEN BOLD 70 g/m²
Impressão MARGRAF